Michael Tosch

Auch ein Mörder macht mal Urlaub

Juist Krimi

Michael Tosch

Auch ein Mörder macht mal Urlaub

Niemand ermittelt

Juist Krimi

Die Personen und die Handlung des Romans sind frei erfunden. Etwaige Ähnlichkeiten mit tatsächlichen Begebenheiten oder lebenden oder verstorbenen Personen wären rein zufällig.

Impressum

Auflage

1 2 / 22 22

Verantwortlich

für den Inhalt: Michael Tosch

Gerichtsstraße 23a

65385 Rüdesheim am Rhein

michael.tosch@tosch-team.com

Druck: epubli – ein Service der Neopubli GmbH, Berlin

Meiner Frau Ruth
Wärst Du nicht mit mir verheiratet, ich würde erneut um Deine Hand anhalten.
Ich liebe Dich. Danke für Alles.

Prolog

Kriminalhauptkommissar Markus Niemand und Kriminalkommissarin Helga Weilburger hatten sich an ihrem freien Samstag verabredet. Helga hatte ihn gefragt, ob er Lust hätte, sie an diesem Tag beim Shopping in Aurich zu begleiten.

Markus war eigentlich nicht der Typ, der gerne von Boutique zu Drogeriemarkt spazierte und in den Angeboten stöberte. Er überlegte, warum er überhaupt zugesagt hatte und kam zu dem Schluss, dass es mehrere Gründe gab. Erstens wohnte er erst seit gut einem Jahr in Ostfriesland und kannte Aurich nicht sonderlich gut, zweitens hatte er sich ohnehin entschlossen, seine Kollegin Helga etwas besser kennenzulernen. Im Dienst hatte er sie als sehr professionelle und kompetente Polizistin erlebt, aber er hätte auch gerne gewusst, wie sie im Privatleben tickte. Dann hatte er auch noch einen dritten Grund gefunden.

Er war alleinstehend, seine Lebensgefährtin Charlie, die eigentlich Charlotte hieß, hatte ihm vor vier Monaten den Laufpass gegeben und jetzt litt er immer noch unter dem Aus der Beziehung.

Kurz vor der Trennung hatte er ein Häuschen in Südbrookmerland erworben und versteckte sich jetzt privat mehr in seinem neuen Heim. Dort fand er genügend Aufgaben, die er erledigte und damit seine Einsamkeit vor sich selbst verbergen konnte.

Markus fand, dass es Zeit war, sein Leben neu zu organisieren und ergriff deshalb auch gerne die Gelegenheit, mit Helga zu shoppen und überwand daher seine Abneigung gegen das, wie er es nannte 'durch die Läden latschen'.

Natürlich hatte Markus, wie alle Menschen auch, seine Macken. Eine davon war seine Leidenschaft für die australischen Hardrocker AC/DC. Als Jugendlicher hörte er auf Partys die Songs der australischen Band und mit 22 besuchte er ein Konzert in London. Inzwischen hatte er AC/DC schon viermal live gesehen und besaß als Erwachsener fast alle Platten bzw. CDs.

Daher war es nicht verwunderlich, dass ihm auch ständig Lieder seiner Lieblingsband in den Kopf kamen und wenn er in guter Stimmung war, sang er auch gerne die Songtexte, die er kannte. Da er behauptete, dass man Musik von AC/DC auf keinen Fall leise summen könne, sang Markus, wenn er denn sang, auch gerne sehr laut. Allerdings waren meistens seine gewollten und auch die ungewollten Zuhörer der Meinung, dass er bei einem Song Contest nicht aufs Treppchen kommen würde.

Er spazierte mit Helga am Rande des Marktplatzes in Aurich und ihm gefiel der Anblick der bunten Stände und das Treiben auf dem Wochenmarkt. Ihm wurde bewusst, dass er bisher erst einmal mit seiner Ex zum Einkaufen hier gewesen war. Die Gedanken an Charlie und die Erinnerung an die Trennung machten ihn nachdenklich und traurig.

Jetzt schlenderte er mit Helga an seiner Seite durch Aurich und genoss den Tag. Es war angenehm warm und er spürte eine sanfte Brise, die er hier im Norden so liebte. Richtig windstill hatte er es in dieser Region noch nicht erlebt. Das laue Windchen trug den typischen Geruch des Meeres mit sich und ließ erahnen, dass die Nordsee nicht sehr weit weg sein konnte.

Markus hatte in seinem ersten Jahr gelernt, dass die Ostfriesen eigene Wetter-regeln entwickelt haben.

- Regen ist erst, wenn der Briefträger mit dem Schlauchboot kommt.
- Schietwetter fängt erst bei Windstärke 12 an.
- Sturm ist erst, wenn die Schafe keine Locken mehr haben.
- Nirgends strahlt der Himmel so schön grau...

Die letzte Regel fand allerdings nicht seine Zustimmung. Es gab hier oben wunderschöne Tage mit Wärme und blauem Himmel, allerdings konnte sich das Wetter schnell ändern, und zwar in jede Richtung.

Helga hatte in einem Modegeschäft ein paar T-Shirts gekauft, die sie in einer Tasche mit dem Werbeaufdruck des Ladens spazieren führte. Ein neues davon hatte sie direkt angezogen. Über ihrer Schulter trug sie eine dunkelblaue Handtasche. Markus vergaß seine Ex und bewunderte seine Kollegin. Tolle Frau, dachte er und spontan sang er sofort los:

» When I see a pretty woman, you know it give me a thrill, and she's tailor made to order, you know I can't stand still, and you won't need a doctor, 'cause it'll cure all ills.«

Als Helga ihn verständnislos anschaute, erklärte er: »Das war 'Can't Stand Still', ein Song von AC/DC.«

»Kennst du den Song, weil du den immer auf einer alten Vinyl-Langspielplatte abspielst?«

»Wie meinst du das?«, Markus war etwas verwirrt.

»Weil du die Kratzer auf der LP alle mitgesungen hast!«, spottete Helga.

Bevor er antworten konnte, klingelte Helgas Handy. Sie nahm es aus ihrer Handtasche und sprach offensichtlich mit einer Freundin. Markus versuchte weg-zuhören, denn er gehörte nicht zu den Menschen, die andere belauschen würden.

In diesem Augenblick war hinter ihnen ein lautes Rufen, das Klingeln und das Bremsen eines Fahrrads zu hören. Markus drehte sich um und bekam nur noch mit, wie ein Mann mit immer noch recht hohem Tempo auf sich und seine Begleiterin zuraste und Helga erfasste. Helga und auch der Radfahrer stürzten zu Boden.

Der Mann fand sich auf dem Straßenpflaster wieder. Sein Drahtesel war mit verbogenem

Vorderrad zum größten Teil auf dem Oberkörper des gestürzten Radfahrers gelandet. Helga lag auf dem Pflaster und rührte sich nicht, sie war mit ihrem Kopf offensichtlich auf einen Blumenkübel gestürzt. Aus einer Platzwunde auf der Stirn lief Blut über ihr Gesicht und tropfte zu Boden.

Markus versuchte sie anzusprechen und rief mehrmals laut ihren Namen. Da sie nicht reagierte, sprach er einen Mann aus der inzwischen entstandenen Gruppe von Neugierigen an.

»Ich bin von der Polizei. Bitte rufen sie einen Notarzt!«

Markus nahm wahr, dass inzwischen mehrere Personen mit ihren Handys telefonierten.

Er sah, dass Helga atmete und überprüfte ihren Puls, alles schien so weit ok zu sein und er legte sie in die stabile Seitenlage. Inzwischen hatte sich auch der Radfahrer wieder erhoben und stammelte so etwas wie eine Entschuldigung in die Richtung von Helga.

Über den Marktplatz von Aurich schallte das Martinshorn. Mit eingeschaltetem Blaulicht kamen ein Rettungswagen und direkt dahinter ein Notarzt in seinem Einsatzfahrzeug um die Ecke und hielten am Unfallort.

Markus spürte, dass der Schock immer stärker Besitz von ihm ergriff. Helga erwachte aus ihrer Ohnmacht und wollte sich aufrichten.

»Bleib liegen, bitte!«, Markus sprach nicht sonderlich laut, aber bestimmend und das bewirkte, dass Helga sich gehorsam wieder zurücklegte.

Der Notarzt untersuchte Helga und veranlasste, dass die Sanitäter sie auf eine Trage betteten, um sie danach in den Rettungswagen zu bringen.

Zu Markus gewandt sagte er: »Anscheinend ist es nichts Ernstes, eventuell eine kleine Gehirnerschütterung. Wir nehmen sie vorsichtshalber mit und sie wird dann noch einmal untersucht. Wir bringen sie in die Ubbo-Emmius-Klinik.«

»Ich komme sofort hinterher, ich kenne den Weg.«

Gerade bemühte sich Markus um die Utensilien von Helga, die etwas verstreut am Unfallort lagen. Er wollte nach ihrer Handtasche greifen und sah plötzlich aus den Augenwinkeln, wie ein junger Mann aus der Gruppe der Schaulustigen sich bückte, Helgas Handy schnappte und blitzschnell davonrannte.

Der Adrenalinstoß, der durch Markus Körper fuhr, verhalf ihm zu neuer Aktivität. Blitzschnell nahm er die Einkaufstüte und Helgas Handtasche auf und rannte hinter dem Handy-Dieb her. Der hatte inzwischen einen kleinen Vorsprung und verschwand, ohne sich umzuschauen in der Markthalle. Markus hatte sich gemerkt, dass der Dieb helle Shorts und ein dunkelgrünes T-Shirt trug. Als er den Eingang der Halle erreichte, entdeckte er, dass der Radfahrer, der Verursacher des Unfalls, ihm gefolgt war.

»Ich will ihnen helfen, ich habe gesehen, wie der das Handy geklaut hat.«

Markus sagte: »Das ist nett von Ihnen, aber ich bitte sie, hier stehenzubleiben. Ich weiß nicht, ob der Kerl bewaffnet ist. Ich mache das schon.«

Direkt hinter dem Eingang war eine Imbisstheke, an der Speisen und Getränke angeboten wurden. Markus erkannte unschwer den jungen Mann in hellen Shorts und dem grünen Shirt. Der hatte sich inzwischen mit einem Tablett an der Theke angestellt und wartete, bis er bedient werden würde. Er fühlte sich offenbar sehr sicher. Wahrscheinlich hatte er keinen seiner Verfolger bemerkt.

Markus holte sein eigenes Smartphone aus der Tasche. Natürlich war darin auch die Rufnummer von Helga gespeichert, die er jetzt sofort anrief.

Kurz darauf klingelte ein Handy bei dem jungen Mann an der Theke. Markus musste grinsen, da er natürlich Helgas Klingelton sofort erkannte. Der Dieb war völlig überrascht und wollte sich umdrehen. Da hatte ihn Markus bereits am Arm ergriffen und verkündete ihm die Verhaftung.

»Sie haben das Recht, zu schweigen. Alles, was Sie sagen, kann und wird vor Gericht gegen Sie verwendet werden. Sie haben das Recht, zu jeder Vernehmung einen Verteidiger hinzuzuziehen. Wenn Sie sich keinen Verteidiger leisten können, wird Ihnen einer gestellt. Haben Sie das verstanden?«

Natürlich bildete sich auch hier sofort eine Traube von Neugierigen und einige filmten die Szene sogar mit ihren Handys.

Jemand hatte die Polizei verständigt. Zwei Polizisten drängten sich durch die Gaffer und kamen auf Markus und den Verhafteten zu.

Da er die Kollegen nicht kannte, wies sich Markus als Polizist aus und erklärte den Sachverhalt. Bevor der Dieb abgeführt wurde, wurde er aufgefordert, seine Taschen zu leeren. Dabei kamen vier weitere Handys zum Vorschein, offenbar alles Diebesgut.

Beim Verlassen der Markthalle entdeckte er den Radfahrer, der vor der Tür gewartet und auch die Verhaftungsaktion beobachtet hatte. Markus ging auf ihn zu und sagte: »Sie haben inzwischen wahrscheinlich mitbekommen, dass ich von der Polizei bin. Sie haben mit ihrem Fahrrad einen Unfall gebaut und sind dabei gestürzt, genau wie meine Kollegin. Ist bei ihnen alles in Ordnung?«

Der Mann nickte. »Ja, ich weiß. Bei mir ist alles in Ordnung, ich bin nicht verletzt, nur mein Fahrrad ist leicht demoliert.«

Markus fuhr fort: »Das beruhigt mich sehr, dass es ihnen gut geht. Normalerweise würde ich jetzt ein Auge zudrücken und sie verwarnen. Aber in diesem Fall kann ich das leider nicht. Meine Kollegin wurde bei dem Unfall verletzt und bei einem Personenschaden muss ich in jedem Fall eine Anzeige erstatten. Bitte geben sie mir ihre Personalien.«

»Ich weiß das«, entgegnete der Radfahrer, »ich bin selbst Anwalt. Deshalb habe ich hier auch auf sie gewartet. Hier ist meine Visitenkarte.«

Markus schaute kurz auf die ihm überreichte Karte mit den Daten. Er prägte sich den Namen und den Wohnort ein und sprach dann wieder zu seinem Gegenüber.

»Herr Dahlmann, ich finde es sehr gut, dass sie gewartet haben. Enttäuschenderweise kommt das sehr selten vor. Ich werde ihr Verhalten in meinem Unfallbericht positiv für sie vermerken. Danke, sie werden demnächst von der Justiz Post bekommen. Alles Gute für sie.«

Die Polizisten nahmen Markus in ihrem Auto mit und setzten ihn an der Ubbo-Emmius-Klinik ab. An der Rezeption erkundigte er sich nach Helga und erfuhr, dass sie noch in der Unfallaufnahme sei.

Dort angekommen, sah er seine Kollegin schon von Weitem. Sie saß auf einer Bank und erhob sich, als Markus sie erreichte. Ein stattlicher Verband zierte ihren Kopf und bevor Markus eine Frage stellen oder etwas sagen konnte, ergriff Helga das Wort.

»Ich habe eine Platzwunde an der Stirn, die wurde genäht und eine Gehirnerschütterung liegt wohl nicht vor. Ich kann mich an alles erinnern, habe kein Schwindelgefühl und Übelkeit auch nicht. Also alles gut, wir können gehen, wenn du mich mitnimmst.«

Helga lächelte und Markus hatte das Gefühl, dass sie wieder ganz die Alte war, so voller Tatendrang. Ihre Worte hatten bei ihm ein positives Gefühl ausgelöst. Markus freute sich riesig, dass der Unfall so glimpflich ausgegangen war. Er umarmte sie, benutzte dabei allerdings nur seinen rechten Arm.

»Ich hatte Angst um dich. Jetzt bin ich froh, dass du wieder einsatzfähig bist.«

»Einsatzfähig? Ich?«, Helga strahlte ihn an. »Heute ist Samstag, da kann ich mich für den Rest des Tages und auch für Sonntag noch erholen. Meine Rekonvaleszenz endet also erst am Montagmorgen. Da beginnt auch offiziell mein Dienst wieder. Erst dann bin ich auch wieder voll einsatzfähig.«

»Ach übrigens«, Helga fuhr fort, »weißt du eigentlich, wo meine Handtasche und meine Einkäufe geblieben sind?«

Mit der linken Hand hatte er die Einkaufstüte und Helgas Handtasche hinter seinem Rücken verborgen. Er reichte ihr beides.

Helga untersuchte ihr Eigentum und fragte sofort: »Mein Handy, das Handy ist weg. Weißt du, wo das ist?«

»Ja, das weiß ich«, Markus holte ihr Smartphone aus seiner Tasche, reichte es ihr und erklärte, »während du dich ganz gemütlich durch Aurich kutschieren ließest, habe ich gearbeitet. Du hast dich hier verwöhnen und auf hohem

Niveau pflegen lassen. Ich habe in der Zeit sämtliche Verbrecher in Aurich gejagt und verhaftet.«

Helga schaute irritiert zu ihrem Kollegen. »Was hast du? Das verstehe ich jetzt nicht.«

Markus wollte sie nicht länger auf die Folter spannen und erzählte ihr die ganze Geschichte.

»Ist das wirklich wahr? Dass ausgerechnet mir das passiert ist, kaum zu glauben.«

»Ich wollte, das wäre alles nicht passiert. Erst wirst du verletzt, musst leiden und dann beklaut dich auch noch so ein Mistkerl.«

»Weißt du was? Für deinen Einsatz muss ich dich belohnen, was hältst du davon, wenn ich dich für heute zum Abendessen einlade? Übrigens, ein Nein werde ich nicht akzeptieren.«

»Ich überlege, ob das jetzt Beamtenbestechung ist.« Und nach einer kleinen Pause: »Du hast mich überzeugt, ich werde mich von dir bestechen lassen. Aber erzähle es bitte nicht weiter, es könnte meiner Karriere schaden.«

Markus grinste und fand, dass es doch gut war, Helga auf der Shopping-Tour begleitet zu haben.

Mittwoch, 1. Juli

Bei einem Spaziergang auf der Insel Juist hatte der Mann die Kneipe in unmittelbarer Nähe des Kurhauses in einer Seitenstraße zum ersten Mal gesehen. Der Stil des alten Bauwerks war typisch für die Insel. Rote Klinker und verwinkelte Steine am Giebel zierten das Gebäude. Diese Kneipe wäre ihm nicht besonders aufgefallen, wenn da nicht über der Eingangstür ein ovales Holzschild mit dem Namen 'Krullerkopp' gestanden hätte. Der Name machte ihn neugierig, denn er war auf der Suche nach einer richtigen Bierkneipe. Schickimicki-Restaurants gab es hier, seiner Meinung nach, genug.

Krullerkopp, komischer Name, dachte er und versuchte, den Sinn des Wortes zu verstehen. Er schaute von außen durch ein Fenster und konnte erkennen, dass das Lokal in einem maritimen Stil gehalten war. Diverse Bilder von Schiffen und ein paar Seemannsknoten zierten die Wände. Im Lokal standen ein paar Tische mit Stühlen und dann war da eine lange Theke mit Barhockern davor. Er las die Speisekarte am Eingang und entdeckte, dass gar keine Speisen, sondern nur Getränke angeboten wurden. Diese Kneipe, war im Prinzip genauso, wie er es sich vorgestellt hatte. Sein Entschluss, abends dort hinzugehen, stand fest.

Seinem Kollegen hatte er erklärt, dass er einen alten Bekannten treffen wolle und mit ihm abgestimmt, dass er ihn an diesem Abend mit den Schülern allein lassen würde.

Nach dem Abendessen schwang er sich auf sein Fahrrad und fuhr ins Dorf, wie man den Ort Juist allgemein nannte. Kurz vor seinem Ziel stellte er sein Stahlross in einen Fahrradständer an der Straße und lief die letzten Meter bis zum Lokal Krullerkopp.

Die Dämmerung nahm langsam Besitz vom Töwerland. Ein leichter Wind strich durch die Dünen und Straßen im Dorf, obwohl die Ostfriesen behaupten würden, dass das dieses Lüftchen kein richtiger Wind sei. Es war ein schöner Tag gewesen, warm war es, richtiges Badewetter, obwohl der Himmel eher grau war.

Als er eintrat, scannte er mit suchendem Blick die Szenerie. Es war nicht sonderlich voll. Trotz der wenigen Gäste war es relativ laut, denn die Musik, die zu hören war, wurde durch die Stimmen der Gäste noch übertönt. Die Luft war schwanger von typischem Duft nach Bier. Richtige Bierkneipen riechen immer so, dachte er.

An ein paar Tischen saßen Pärchen und an einem der Tische eine Vierergruppe. Ein junges Paar hatte an einer Seite der langen Theke Platz genommen und am anderen Ende hockte eine jüngere Frau auf einem Barhocker und nahm gerade einen Schluck aus einem Bierglas. Sie schien offenbar allein zu sein. Er setzte sich auf einen Barhocker am Ende der Theke, ließ aber bewusst einen Platz zwischen sich und der einzelnen jungen Frau frei.

Er schaute zu ihr rüber und als diese zu ihm aufsah, lächelte er und schaute in ihre Augen. Es dauerte einen kurzen Augenblick, dann lächelte sie zurück.

Hinter der Theke zapfte ein Mann mit einer prächtigen Glatze gerade ein Glas Bier, schaute dann zu ihm herüber und fragte nach seinen Wünschen.

»Geben sie mir ein Alt!«, sagte der Mann.

»Altbier habe ich nicht. Da liegt 'ne Getränkekarte.«

Der Wirt wies auf eine in Folie laminierte Karte hin. Der Mann las die Karte und entdeckte darauf mehrere Biersorten, Cocktails, Hochprozentiges, Whiskys und auch Rum. Ich mag keinen Rum, dachte er.

Nach kurzem Nachdenken bestellte er sich dann ein Hefeweizen.

»Ist allerdings nicht so typisch für die Gegend hier«, versuchte er zu kommunizieren, doch sein Gegenüber verzog keine Miene. Unfreundlicher Idiot, dachte der Mann und sah zu, wie der Wirt den Inhalt einer Flasche kunstvoll mit gluckerndem Geräusch in ein Glas zauberte.

Als der Wirt ihm das Hefeweizen auf die Theke stellte, fragte er ihn: »Sagen sie, was bedeutet eigentlich der Name des Lokals? Krullerkopp, das habe ich noch nie gehört.«

»Krullerkopp? Das bin ich«, jetzt schmunzelte der Wirt, »damit bin ich gemeint.«

Nach einer kurzen Pause ergänzte er: »Ich hatte schon in jungen Jahren eine Glatze. Krullerkopp ist plattdeutsch und bedeutet hier bei uns Lockenkopf, so haben mich halt alle auf den Arm genommen. Mein richtiger Name ist Jan Everts, aber das weiß hier kaum noch jemand. Krullerkopp, das wurde dann zu meinem Spitznamen, also mien Ökelnaam, wie es hier auf Platt heißt.«

Die junge Dame neben ihm schaltete sich ein: »Ein Bekannter von mir, der hatte auch eine Glatze. Den haben alle immer Festplatte genannt.«

Keiner lachte über ihren Spruch, sie wirkte deshalb etwas verlegen und nahm wieder einen Schluck aus ihrem Glas. Er trank ebenfalls von seinem Bier und beobachtete sie dabei aus den Augenwinkeln. Sie trug eine blaue Jeans und ein rotes T-Shirt. Ihm gefiel, was er wahrnahm. Dann drehte sich die Frau wieder zu ihm herüber und lächelte erneut.

»Sind sie zum ersten Mal auf Juist?«, fragte er sie und lächelte seinerseits zurück.

»Nein, ich komme schon seit Jahren mit meiner Freundin hier her, aber in diesem Jahr konnte sie nicht. Daher bin ich allein da, ich will mir doch das Töwerland nicht entgehen lassen«, erklärte sie ihm und fragte zurück, »Und sie?«

»Ich bin zum ersten Mal hier, aber nicht allein. Wir sind achtzehn.«

Dabei betonte er das Wort achtzehn. Er schaute sie an und wartete auf ihre Reaktion.

»Da haben sie aber eine große Familie«, meinte sie spöttisch.

»Ich bin Lehrer, ein Kollege, der mich unterstützt und sechzehn Schüler«, klärte er das Rätsel auf.

Sie schaute ihn an. »Ach so, ich konnte mir auch nicht vorstellen, dass sie so viele eigene Kinder haben.«

»Achtzehn eigene Kinder? Wenn das so wäre, dann ist es mir allerdings nicht bekannt«, grinste er sie an.

Sie rief in Richtung Krullerkopp: »Ich hätte gern noch einen Drink.«

»Noch'n Bier?«

Bevor sie antworten konnte, schaltete sich der Mann ein und fragte seine Nachbarin: »Darf ich sie zu einem Cocktail einladen?«

Sie überlegte einen Augenblick.

»Ja, gern, ich weiß nur noch nicht welchen.« Sie warf einen Blick in die Getränkekarte.

»Ich nehme eine Margarita«, bestellte sie. Der Mann entschied sich für einen Mojito. Als die Getränke kamen, prosteten sie sich zu und stießen an.

»Ich heiße Heike, Heike Wolfram«, stellte sie sich vor, »hier im Urlaub ist es mit dem Vornamen und dem Du doch üblich und ich finde, das ist auch einfacher zum Quatschen.«

Er zögerte einen Augenblick. »Burkhard Waller«, sagt er, »ich heiße Burkhard.«

»Ich bin aus Braunschweig, genaugenommen aus der Nähe von Braunschweig, aus Peine. Und wo kommst du her?«, wollte sie wissen, schaute ihn fragend an und nahm dabei einen Schluck von ihrer Margarita.

»Ja, Braunschweig, da war ich auch schon mal«, kam es von ihm, ohne auf ihre Frage nach seiner Herkunft zu antworten. Ich habe ohnehin schon zu viel von mir verraten, dachte er.

»Was machst du beruflich?«, wollte er wissen.

»Ich arbeite in der Stadtverwaltung. Bin im Einwohnermeldeamt. Und du? Du bist Lehrer, habe ich doch richtig verstanden?«

»Stimmt«, antwortete er einsilbig.

»Und wo bist du Lehrer?«, bohrte Heike nach.

»An einer Gesamtschule in der Nähe von Köln.«

»Nähe von Köln, wo denn genau?«, sie ließ nicht locker.

Ihm fiel der Ortsname von Brühl ein, weil ein Bekannter dort studierte. »Brühl«, sagte er, »der Ort heißt Brühl.«

»Kenne ich nicht, habe ich auch noch nicht gehört«, stellte Heike fest.

Bevor sie weiterfragen konnte, wechselte er das Thema. »Die haben hier auf der Insel ganz schön gepfefferte Preise, findest du nicht auch?«

»Es geht so, ich finde es aber nicht überteuert. Sind halt viele Gäste hier und wenn viele Touristen kommen, nimmt man auch gern etwas mehr Kohle. Außerdem musst du daran denken, da ist noch das logistische Problem. Alles, was es hier zu kaufen gibt, muss man erst einmal hierher auf die Insel transportieren.«

Er nickte und schwieg, weil er sich im Grunde mit dem Thema gar nicht auseinandersetzen wollte.

Heike sagte plötzlich: »Ich bin gleich wieder da.«

Aus den Lautsprechern klang ein Lied von Santiano: *»Alle, die mit uns auf Kaperfahrt fahren«*.

Sie glitt von ihrem Barhocker herunter und ging beschwingt in Richtung Toilette.

Er schaute sich um, niemand blickte in seine Richtung. Daraufhin holte er ein Fläschchen aus der Hose und schüttete ein paar Tropfen daraus in ihren Cocktail.

Er schaute sich erneut um, aber niemand schien ihn beobachtet zu haben. Danach verschwand das Fläschchen blitzschnell wieder in seiner Tasche.

Das Pärchen am vorderen Teil der Theke tuschelte miteinander. Der Mann hatte aus den Augenwinkeln beobachtet, wie der Kerl am anderen Ende etwas in den Cocktail der Frau geschüttet hatte.

»Ich habe das ganz genau gesehen, das waren bestimmt KO-Tropfen!«, hörte seine Begleiterin ihn flüstern.

»Rolf hör auf, bist du wirklich sicher, vielleicht irrst du dich ja«, versuchte sie ihn zu bremsen.

Rolf antwortete: »Wir werden ja sehen, was passiert, wenn sie von dem Zeug was trinkt. Mensch, schau nicht so auffällig rüber.«

Kurz darauf kam Heike zurück, kletterte wieder auf den Barhocker, nahm ihr Glas, stieß mit dem Spender an und beide tranken.

Zwanzig Minuten später stöhnte Heike leise: »Tut mir leid, mir ist nicht gut. Ich möchte heimgehen.« Sie kam nur mühsam von ihrem Barhocker herunter.

»Das ist sicher nur die schlechte Luft hier in der Kneipe«, meinte er beruhigend, »komm, ich bringe dich vor die Tür.«

Er winkte dem Krullerkopp zu und legte ein paar Scheine auf die Theke. Er fasste Heike unter den Arm und stützte sie beim Verlassen des Lokals. Vor ihren Augen schien sich alles zu drehen. Sie bekam gar nicht mit, was mit ihr geschah.

Er führte die völlig willenlose Frau von der Kneipe aus, am Kurhaus vorbei, in Richtung Strand hinunter. Heike konnte kaum allein laufen, er musste sie stützen. Es war ziemlich dunkel, er schaute sich um, als er feststellte, dass sie nicht beobachtet wurden, zerrte er sie ein Stück hinter der öffentlichen Toilette in die Dünen.

Das andere Paar in der Kneipe hatte inzwischen ebenfalls gezahlt. Rolf und Karin, seine Begleiterin, hatten sich entschlossen, den beiden zu folgen und der Frau, wenn nötig, zu helfen. Sie verließen ebenfalls den Krullerkopp.

»Lass uns beeilen«, sagte Karin und beschleunigte ihre Schritte.

Auf der Straße versuchten sie vergeblich, die Gesuchten zu finden. Sie liefen die Strandstraße hinunter bis zum Kurplatz, aber sie hatten die beiden aus den Augen verloren.

Der Mann hatte die wehrlose Heike in eine Mulde geschleppt und sie hingelegt. Er zerrte ihr die Kleider vom Leib, zog sich ein Kondom über und vergewaltigte die junge Frau.

Heike kam ein wenig zu sich und bemerkte, dass er auf ihr lag und offensichtlich mit ihr Sex hatte. Sie wollte ihn von sich stoßen, schaffte es aber nicht. Schreien ging auch nicht und dann verlor sie wieder das Bewusstsein. Nach einiger Zeit kam sie erneut zu sich. Sie spürte, noch völlig benommen, wie der Wind über ihren entblößten Körper strich. Das kühle Gefühl hatte sie geweckt. Sie sah sich um und merkte, dass sie allein war. Es war immer noch ziemlich dunkel. Heike entdeckte, dass ihr Jeanshose und Slip ausgezogen waren, das T-Shirt war fast zerrissen. Die Kleidungsstücke lagen verstreut im Dünengras.

Sie suchte ihre Sachen zusammen und zog sich mühsam wieder an.

Heike war immer noch sehr benommen und konnte kaum laufen. Mühsam schleppte sie sich zu ihrer Unterkunft.

Donnerstag, 2. Juli

Heike lag in ihrem Bett. Sie hatte nicht richtig geschlafen, immer wieder erwachte sie kurz und schlief dann vor Erschöpfung wieder ein. Am späten Vormittag kam sie erneut wieder langsam zu sich. Als sie versuchte sich zu erinnern, war das nur in Fragmenten möglich und als sie realisierte, was mit ihr geschah, fing sie bitterlich an zu weinen.

Heike machte sich schwere Vorwürfe, gab sich selbst die Schuld an der Vergewaltigung. Tausend Fragen gingen ihr durch den Kopf. Wieso ist mir das passiert? Habe ich den Kerl irgendwie zu der Tat provoziert? Warum habe ich mich nicht wehren können? Sie weinte hemmungslos, am liebsten hätte sie laut geschrien. Sie hatte ihr Zeitgefühl völlig verloren. Irgendwann schlief sie wieder ein.

Gegen Mittag wurde sie wieder wach, sie fasste sich ein wenig und rief dann ihre Freundin Elke Mormann in Peine an und erzählte, was ihr passiert war. Elke hörte ihr sehr gut zu und ließ Heike reden. Gelegentlich stellte sie eine Frage und hörte dann wieder zu. Dann versuchte Elke ihrer Freundin vorsichtig klarzumachen, dass sie keine Schuld an dem Verbrechen hatte.

»Hör doch bitte auf, dir Vorwürfe zu machen. Du bist das Opfer. Schuld hat ausschließlich dieses Dreckschwein, das dir das angetan hat. Am liebsten würde ich jetzt sofort zu dir kommen.«

Elke überlegte einen Augenblick: »Geh in jedem Fall zum Arzt! Sofort! Unbedingt!«

Sie riet ihr außerdem zu einer professionellen Beratung und suchte ihr die Telefonnummer des Weißen Rings heraus.

Das Gespräch hatte Heike gutgetan, sie legte sich wieder auf ihr Bett, und fühlte, dass es ihr etwas besser ging. Sie zögerte sehr lange und als sie dann ihr Schamgefühl einigermaßen überwunden hatte, rief sie beim Weißen Ring an. Eine Mitarbeiterin der Außenstelle Aurich/Emden, die sich mit Gudrun Haber vorstellte, übernahm das Gespräch, stellte Fragen und machte konkrete Vorschläge.

»Ich werde so schnell wie möglich zu ihnen kommen, ich muss versuchen morgen früh einen Platz auf der Schnellfähre zu buchen. Ich habe ja ihre Nummer. Ich rufe sofort zurück, wenn ich die Daten habe und gebe ihnen Bescheid.«

Dann überzeugte sie Heike davon, sofort zu einem Arzt zu gehen. Es gibt zwar keine Rechtsmedizinische Untersuchung auf Juist, aber jeder Arzt könne die Spuren einer Vergewaltigung feststellen und sichern.

Nach dem Telefonat raffte sich Heike auf, suchte im Internet nach der Adresse eines Juister Arztes und ging zu der gefundenen Praxis. Die Arzthelferin hörte sich kurz Helgas Problem an und sorgte dann dafür, dass sie sofort ins Sprechzimmer des Arztes kam.

Der Arzt stellte dann tatsächlich Hämatome an den Oberschenkeln und im Genitalbereich fest. Der Doktor fotografierte alles und gab ihr die Bilder gleich mit. Leider, so erklärte er ihr, lassen sich die Spuren der KO-Tropfen im Blut nicht mehr feststellen. Nach acht bis zehn Stunden könne man da nichts mehr finden.

»Die Polizei muss von dem Geschehen verständigt werden. Soll ich direkt anrufen?«, fragte der Doktor.

»Nicht nötig, ich will das in jedem Fall der Polizei melden. Morgen kommt eine Frau vom Weißen Ring hier her, die will mich zur Polizei begleiten. Auf jeden Fall zeige ich das an.«

Heike hatte inzwischen ihre Sicherheit fast wieder zurückgewonnen. Der Arzt erklärte ihr noch, wie sie von ihrer Pension den Weg zur Polizei finden könne. Bei der Verabschiedung nahm er Heike in den Arm und drückte sie fest an sich. Heike spürte seine Wärme und verstand, dass er sie trösten wollte. Es tat ihr sehr gut.

»Sie tun mir unendlich leid, ich wünsche Ihnen alles Gute.«

Freitag, 3. Juli, vormittags

Am nächsten Morgen kam Gudrun Haber, die Mitarbeiterin des Weißen Rings, mit der Schnellfähre auf Juist an. Sie trafen sich in Heikes Pension und unterhielten sich über das Geschehen. Gudrun Haber sichtete die Dokumentation des Arztes und beide gingen danach gemeinsam zur Polizeistation in der Carl-Stegmann-Straße.

Oberkommissar Hanke Hinrich, Mitarbeiter der Polizei Juist, war derzeit allein aktiv, denn der Leiter der Station wurde zu einer Weiterbildung bei der Polizeidirektion Osnabrück abberufen und würde erst am Anfang der kommenden Woche zurück sein.

Hanke nahm die Anzeige auf und bat Heike um eine Beschreibung des Täters.

»Er ist etwas größer als ich, schlank und hat dunkelblonde Haare.«

»Dunkelblond?«

»Blond oder dunkelblond, so ungefähr jedenfalls.«

»Und die Kleidung? Was hatte er an?«, Hanke ließ nicht locker.

»Der hatte ein blaues Shirt, so ein T Shirt an und eine helle, kurze Hose.«

»Erinnern sie sich an den Namen des Mannes?«

»Er hat sich mit Burkhard vorgestellt und sein Familienname...«, sie überlegte, »Haller oder Maller, glaube ich, oder so ähnlich.«

»Schulklasse und Lehrer haben sie gesagt. Wissen sie, woher die Schule kam oder eventuell den Namen der Schule?«

»Wenn ich mich richtig erinnere, dann hat er was von einer Gesamtschule, in der Nähe von Köln gesagt und der Ort, mmh, der Ort war Brühl.«

»Augenblick«, Hanke griff zum Telefon und wählte die Kurverwaltung auf Juist an. Er kannte die Dame dort sehr gut und sagte: »Moin, hallo Erika, hier ist Hanke, Erika, du musst mir helfen. Wir suchen einen Juist-Touristen mit Namen Haller oder Maller oder ähnlich, der Vorname ist Burkhard. Bitte schau doch mal, ob der bei euch registriert ist.«

»Moment«, sagt die Frau und suchte im Computer. Dann hörte Hanke sie sagen: »Diesen Namen haben wir nicht registriert, den kann ich nicht finden.«

»Kannst du feststellen, ob sich hier eine Schulklasse aus Brühl, NRW aufhält?«

»Ich suche«, und nach kurzer Zeit, »sorry, nein, wir haben in unseren Ferienheimen und in der Jugendherberge zurzeit nur drei Schulklassen, aber keine kommt aus NRW.«

Hanke bedankt sich und meinte: »Da hat der Täter ihnen offensichtlich Mist erzählt, die Angaben, die sie machten, treffen auf keinen Gast hier auf Juist zu, die Daten sind nicht registriert. Wir müssen anderweitig recherchieren.«

Häufiger hatte Heike gelesen oder gehört, dass die Opfer einer Vergewaltigung bei der Polizei kein leichtes Spiel haben. Da Vergewaltigungen nur schwer beweisbar sind, kann das oftmals zu einer Tortur werden. Die Anwesenheit des Weißen Rings in Person von Gudrun Haber hatte zur Folge, dass Heike das Gefühl bekam, sehr ernst genommen zu werden. Ihre Aussagen führten zu einer Anzeige gegen Unbekannt wegen Vergewaltigung.

Heike schlug der Frau Haber vor, noch eine Tasse Tee zu trinken und ging mit ihr danach in das Lütje Teehuus. Sie saßen im Freien, die Sonne schien durch die Bäume des Janusparks auf ihren Tisch. Frau Haber kam der Heike zuvor und lud sie zu einem Tee und frisch gebackenen Waffeln mit heißen Kirschen und Vanilleeis ein.

»Es riecht hier so markant. Etwas säuerlich, aber auch frisch und fruchtig. Wonach riecht das, wissen sie das?«, wollte Frau Haber wissen.

Heike schnupperte und nickte dann und sagte: »Ich glaube, das ist Sanddorn. Der wächst hier überall auf der Insel.«

Der Duft aus dem Park, in dem das Lütje Teehuus lag, wirkte sehr angenehm und die Wärme der Sonne verbreitete ein positives Gefühl. Heike fühlte sich besser und war froh über die Hilfe, die ihr zuteilwurde. Eine Kellnerin servierte ihnen den Tee, blieb stehen und schaute Heike längere Zeit an. Dann drehte sie sich wieder um und ging. Heike demonstrierte, wie man in Ostfriesland das Teetrinken zelebriert und beide Frauen erfreuten sich an den Wölkchen, die in der Tasse aufstiegen. Plötzlich kam die Kellnerin zurück und ging direkt auf Helga zu.

»Entschuldigen sie bitte, mein Name ist Karin Watzke. Kann es sein, dass wir, mein Freund und ich sie vorgestern im Krullerkopp gesehen haben?«

Heike schaute die Kellnerin erstaunt an und fragte etwas zögerlich: »Ja, da war ich. Wie kommen sie darauf? Was haben sie denn gesehen?«

»Wir, also mein Freund und ich hatten den Eindruck, dass sie sich nicht wohlgefühlt haben. Ist alles wieder ok bei Ihnen?«

Heike hörte zu und erfuhr, dass der Freund von Karin beobachtete, dass man ihr etwas in das Getränk geschüttet hatte.

»Wir sind hinter ihnen aus dem Krullerkopp raus und haben sie gesucht, aber nicht mehr gefunden.«

Gudrun Haber und Heike erbaten sich die Personalien und klärten, dass sie die Daten der Zeugen der Polizei weitergeben würden. Sie bedankten sich bei Karin Watzke und verließen dann das Teehaus. Auf dem Weg zur Schnellfähre gingen sie noch einmal bei der Polizeistation vorbei und hinterließen die Personalien der Zeugen als Ergänzung zu der gemachten Anzeige.

Der Polizist fragte, ob er den Rolf Siemann jetzt erreichen könne.

Heike war etwas irritiert und antwortete: »Das weiß ich doch nicht, warum fragen sie mich?«

»Sie haben recht, ich habe ja die Kontaktdaten. Ich kann ihn natürlich anrufen oder bei der Adresse nachfragen, die sie mir gegeben haben. Vielen Dank noch einmal.«

Als die Frauen gegangen waren, versuchte Hanke den Rolf Siemann auf der angegebenen Handynummer zu erreichen. Vergeblich. Er probierte es dann unter der Nummer von Karin Watzke. Von ihr erfuhr er, dass sie nicht wisse, wo Rolf zurzeit wäre. Da gibt es noch eine Menge Punkte zu klären, dachte Hanke.

Freitag, 3. Juli, vormittags

Für Rolf Siemann war es schon die zweite Saison, in der er als Rettungsschwimmer von Mai bis Oktober auf der Insel Juist arbeitete. Sein Einsatzort war der Badestrand in Loog und die Gemeinde- und Kurverwaltung hatte ihn daher auch in Loog in einer Personalunterkunft untergebracht. Das war sehr praktisch, denn es war nur eine kurze Strecke, die er bis zum Einsatzort am Strand zurückzulegen hatte. Da er pro Woche nur etwas mehr als 30 Stunden Dienst hatte, nutzte er die Freizeit auch gerne. Entweder entspannte er am Strand, oder er fuhr mit seinem Fahrrad ins Dorf. Hier war wenigstens etwas mehr los als in dem kleinen, verschlafenen Loog.

In seiner ersten Saison hatte er Karin Watzke kennengelernt, die auf Juist als Servicekraft im Lütjen Teehuus arbeitete. Sie hatten sich ineinander verliebt, sahen sich aber meistens nur zwei- oder dreimal in der Woche. Da Karin ihre Arbeitszeit in der Gastronomie nicht hundertprozentig planen konnte, trafen sie sich immer erst nach ihrem Dienstschluss im Dorf, gingen noch etwas trinken und übernachteten dann bei Karin.

An zwei Tagen pro Woche hatte Karin frei und die verbrachte sie meist gemeinsam mit Rolf. Bei schönem Wetter war der Strand angesagt oder sie gingen auf der Insel spazieren. Das entsprach allerdings nicht unbedingt dem, was Rolf lieber machte. Er hätte am liebsten die Spaziergänge ausgelassen und stattdessen in Karins Zimmer mit ihr gekuschelt. Diese Augenblicke fanden, nach seiner Meinung, viel zu selten statt.

Rolf Siemann hatte für sich eine Wattführung gebucht. Das hatte er schon im vergangenen Jahr machen wollen, doch bisher fehlte ihm die Zeit dazu. Er wartete in der Carl-Stegmann-Straße, vor dem Gebäude des Nationalpark-Hauses auf Juist auf den Start. Es waren offensichtlich nicht zu viele Teilnehmer, denn er hatte gezählt und kam auf elf. Eigentlich hatte er mit einer sehr viel größeren Gruppe gerechnet. Der Wattführer, ein junger Mann, kam aus dem Haus und stellte sich mit Hannes vor. Er verkündete, dass sie noch auf eine kleine Gruppe, einen Lehrer, mit seiner Schulklasse warten würden. Kaum hatte er ausgesprochen, kam ein Mann, offensichtlich der Lehrer, mit sechs Schülern um die Ecke.

Er entschuldigte sich bei Hannes: »Von meinen 16 Schülern, die mit hier auf Juist sind, wollten nur diese sechs zur Wattführung mitkommen. Der Rest hat es vorgezogen, bei dem schönen Wetter lieber an den Strand zu gehen und zu schwimmen.«

Rolf überlegte einen Moment, denn dieser Lehrer kam ihm irgendwie bekannt vor. Aber dann verdrängte er den Gedanken, da ihm nichts weiter dazu einfiel. Die Gruppe marschierte los und folgte Hannes, dem Wattführer. Plötzlich kam ihm ein Gedanke. Er glaubte, ihn erkannt zu haben und überlegte, ist das nicht der Kerl, der dem Mädel etwas in den Drink geschüttet hat? Der Typ aus dem Krullerkopp?

Als sie mitten im Watt standen und sich der Lehrer etwas abseits von seinen Schülern aufhielt, schlich Rolf an ihn heran und flüsterte, denn es sollte ja von keinem gehört werden.

»Ich kenne sie, ich habe sie am mittwochabends im Krullerkopp gesehen.«

Der Lehrer versuchte seinen Schreck zu verbergen und zögerte etwas.

»So? Krullerkopp? Was soll das sein?«, fragt er zurück.

Rolf wurde mutiger: »Das wissen sie ganz genau, sie haben sogar dasselbe Hemd an, wie an dem Abend.«

»Was wollen Sie?«, herrschte ihn der Mann an.

»Ich habe gesehen, wie sie der Frau etwas in den Drink gekippt haben. Das waren KO-Tropfen, denn der Frau ging es hinterher sehr dreckig.«

»Das geht sie überhaupt nichts an, hauen sie bloß ab.«

Der Lehrer entfernte sich und ging hinüber zu seinen Schülern. Nach einiger Zeit, Hannes erzählte gerade etwas von den Sandpierwürmern, kam der Lehrer plötzlich auf Rolf zu. Er hatte sich offensichtlich wieder gefangen und sprach jetzt ebenfalls im Flüsterton.

»Wir sollten mal miteinander reden, aber nicht hier.«

Rolf stimmte zu und nickte.

»Haben sie morgen Abend Zeit?«, fragte der Lehrer.

Rolf zögerte.

Der Lehrer setzt nach: »Sie sollten Ja sagen und kommen. Es wäre kein Nachteil für sie.«

»Ok«, stimmte Rolf jetzt zu, »ich habe morgen Zeit, ich kann kommen. Wann und wo wollen wir uns treffen?«

Der Lehrer überlegt einen Augenblick und sagt dann leise: »Ich muss mich abends erst um meine Schüler kümmern. Ich könnte sie um 22:00 Uhr treffen. Kennen sie die Domäne Loog?«

»Ja, kenne ich«, flüstert Rolf zurück, »da war ich schon mal. Ok, ich komme, morgen Abend um zehn Uhr.«

»Wir treffen uns am Eingang, ok?« Der Lehrer ging wieder zurück zu seiner Schülergruppe.

Bis zum Ende der Wattführung dachte Rolf über das Gespräch nach. Sie sollten Ja sagen und kommen, es wäre kein Nachteil für sie, hatte der Kerl gesagt.

Was meinte er damit? Will er mir Geld anbieten, Schweigegeld? Wenn er mir nichts anbietet, werde ich von ihm etwas verlangen. 10.000 oder evtl. 20.000 Euro?

Rolf grübelte, denn mit Erpressungen hatte er zu wenig Erfahrungen, von zwei, drei Geschichten einmal abgesehen.

Samstag, 4. Juli, vormittags

Heute Morgen erfuhr Karin, als sie ihren Dienst im Lütje Teehuus antreten wollte, dass sie sich für den Tag freinehmen solle, denn sie würde in der nächsten Woche zusätzlich einen weiteren Dienst übernehmen müssen. Für Karin war das völlig ok und sie beschloss, ihren Freund zu überraschen.

Sie stieg auf ihr Fahrrad und fuhr in Richtung Loog. Der Wind kam aus Richtung Ost, blies ihr also in den Rücken und beflügelte ihre Fahrt. Die Strecke von knapp drei Kilometern hatte sie in sieben Minuten bewältigt. Am Strandaufgang stellte sie ihr Fahrrad ab und ging hinauf. An der Aussichtsplattform 'Dree Water Utkiek' machte sie halt und genoss den Blick zum Wattenmeer, zum Hammersee und zur Nordsee. Hier oben, an einem der höchsten Punkte in den Dünen, hatte sie schon oft gestanden. Sie wusste, wenn sie unten, direkt an der Brandung stünde, könnte sie die Gischt im Gesicht spüren. Hier oben war es das Salz auf den Lippen. Egal, wo du dich auf der Insel aufhältst, du nimmst die Nordsee immer mit deinen Sinnen wahr, wenn du darauf achtest. Sie genoss die Aussicht, die Atmosphäre, das Feeling und gleichzeitig versuchte sie ihren Freund zu entdecken, der jetzt eigentlich als Rettungsschwimmer Dienst haben müsste. Da sie ihn nicht erkennen konnte, vermutete sie, dass er im Rettungsturm am Badestrand sitzen würde. Sie marschierte los und ging, als sie den Strand erreichte, direkt auf den Turm zu.

»Hallo Rolf!«, sie rief sehr laut von unten, damit sie auch verstanden würde.

Die Tür zum Wachturm öffnete sich und Ole, ein Kollege von Rolf sagte zu ihr: »Rolf ist nicht da, außer mir ist nur noch Stefan hier. Rolf hat erst mittags seinen Dienst.«

»Ist er noch in seiner Wohnung?«, fragte sie zurück.

»Ich glaube nicht, vorhin sah ich ihn da hinten, hinter den Strandkörben.«

Karin versuchte erneut ihren Freund zu sehen und stapfte durch den Sand in die angegebene Richtung. Hinter den Strandkörben lag ein Pärchen auf einem großen Badetuch. Die wasserstoffblondierte Frau trug einen sehr knappen Bikini. Die beiden hielten sich eng umschlungen und küssten sich leidenschaftlich. Erst jetzt erkannte Karin ihren Freund. Rolf ging offensichtlich fremd. Sie war vollkommen entsetzt und wusste nicht genau, wie sie sich verhalten sollte. Noch nie vorher hatte jemand sie dermaßen auf das Ende ihrer Seele getreten. Sie fing an zu weinen und machte dadurch das knutschende Pärchen auf sich aufmerksam.

Rolf setzte sich auf und rief: »Karin, es ist nicht so, wie du denkst!«

»Was denke ich denn?«, schluchzte sie.

Rolf sprang auf, nahm Karin in den Arm und versuchte sie zu trösten. In diesem Augenblick erhob sich auch die Blondine, raffte das Badetuch zusammen und schrie Rolf an, der daraufhin zusammenzuckte.

»Du bist ein riesengroßes Arschloch!« Schrie sie und rannte mit ihren Utensilien am Strand entlang.

Karin löste sich gewaltsam aus den Armen von Rolf, drehte sich herum und ging schnellen Schrittes in Richtung Strandaufgang. Rolf lief ihr hinterher und fühlte sich ziemlich mies. Er wollte Karin auf keinen Fall verlieren.

»Bitte bleib stehen.«

Karin lief weiter, ohne auch nur eine Reaktion zu zeigen. Rolf lief schneller, holte Karin und hielt sie am Arm fest. Sie riss sich wieder los und sagte leise: »Lass mich in Ruhe!«

»Bitte bleib stehen, ich will mit dir reden!«

»Du willst reden? Aber ich nicht.« Ihre Stimme klang kraftlos und enttäuscht.

Rolf blieb stehen und sah zu, wie Karin den Strandaufgang hinunterlief, sich auf ihr Fahrrad schwang und in Richtung Dorf davonfuhr.

Samstag, 4. Juli, gegen Mittag

Am Nachmittag hatte sich Rolf eine Strategie überlegt und fuhr auf seinem Fahrrad nach Juist, um mit Karin zu reden. Während der Fahrt gingen ihm tausende Gedanken durch den Kopf. Ihm war sehr bewusst, dass er Mist gebaut hatte und bereute seinen Fehler zutiefst. Er war sich sicher, dass er gemeinsam mit Karin eine vernünftige Lösung finden würde. Auf jeden Fall würde er sich bei Karin für sein Verhalten entschuldigen. Vor dem Haus, in dem Karin wohnte, stellte er sein Fahrrad ab und ging hinein. An ihrer Zimmertür blieb er stehen und klopfte.

Es dauerte einen Moment, bis Schritte hinter der Tür zu vernehmen waren. Die Tür wurde einen Spaltbreit geöffnet und hinter einer Sicherungskette schaute Karin hervor und fragte: »Was willst du? Geh bitte.«

»Ich möchte mich bei dir entschuldigen, ich habe Scheiße gebaut. Es tut mir wirklich leid. Ich liebe dich doch, nur dich.«

Die Tür zur Nachbarwohnung ging auf und ein Mann schaute heraus.

»Moment«, Karin schloss die Tür, entfernte die Sicherheitskette und ließ anschließend Rolf hinein.

Rolf wollte Karin in den Arm nehmen, doch sie stieß ihn weg.

»Wenn du mich wirklich lieben würdest, hättest du nicht mit der anderen geknutscht.

Wahrscheinlich warst du mit ihr auch schon in der Kiste. Stimmts?«

Rolf nickte und stammelte: »Aber nur einmal. Ich liebe dich und nicht sie, da war bei mir nur die Lust auf Sex. Wirklich. Nicht mehr. Ich liebe nur dich, Karin.«

Er versuchte sie erneut in den Arm zu nehmen, aber sie stieß ihn weg und schrie ihn an.

»Du bist so ein dummes Schwein! Ich habe mir geschworen, wenn du mich bescheißt, dann ist es aus, für immer aus.«

»Es war doch wirklich nur dieses eine Mal. Ich habe dich noch nie betrogen, seit wir uns kennen und zusammen sind. Fast schon anderthalb Jahre. Bitte verzeih mir.«

Karin schwieg ein paar Minuten, bevor sie antwortete: »Lass mich nachdenken.«

Karin konnte sich nicht mehr zurückhalten, es platzte aus ihr heraus und sie schrie ihn an: »Du bist ein Scheißkerl. Hast du nichts anderes im Kopf als Sex, denkst du wirklich nur ans Vögeln? Ich bin komplett enttäuscht, ich bin wütend auf dich. Du bist wirklich ein Riesenarschloch. Hau bloß ab!«

In diesem Augenblick donnerte jemand an die Tür. Karin öffnete und sah ihren Wohnungsnachbarn, der erbost losbrüllte: »Ihr asoziales Pack, das kann doch nicht wahr sein, müsst ihr hier so herumschreien. Ich brauche meine Ruhe, ich muss schlafen. Ihr dämlichen Schreier haltet endlich eure Klappe!«

Der Nachbar schrie dabei mindestens doppelt so laut, wie Karin zuvor, dann drehte er sich herum und verschwand. Karin schmiss die Tür mit lautem Knall zu und sprach leiser, aber konsequent: »Bitte geh jetzt endlich.«

Rolf hatte sich das Gespräch mit Karin völlig anders vorgestellt und ein anderes Ergebnis erwartet, fügte sich und murmelte beim Verlassen des Zimmers: »Ich liebe dich, Karin.«

Karin verschloss die Tür hinter ihm, warf sich aufs Bett und heulte ihre ganze Enttäuschung aus sich heraus. In ihrem Kopf schwirrten diffuse Gedanken herum. Gedanken zwischen Liebe zu Rolf, bitterer Enttäuschung, Wut und Rache.

Rolf fuhr zurück nach Loog. Er war stinksauer. Einerseits auf sich selbst, denn er wusste, wenn man fremdgeht, darf man sich nicht erwischen lassen. Aber so richtig wütend war er auf Karin, denn die hatte nicht verstanden, dass so ein One-Night-Stand ja wohl kein Problem sein sollte. Na gut, mit Eva hatte er schon häufiger gepoppt, denn die war im Bett schon gut, aber mehr sollte es nicht sein. Mit Karin hingegen, mit der konnte er sich schon mehr vorstellen. Er hatte sich früher schon ausgemalt, dass die Beziehung lange dauern könnte. Karin hatte Stil, mit der konnte man sich super unterhalten. Karin war eben eine clevere Frau. Eva war eher etwas einfacher gestrickt. Wie heißt es so schön, dumm fickt gut! Schade, dass Karin offensichtlich nicht begreifen wollte, dass ein richtiger Mann eigentlich gar nicht treu sein konnte. Männer sind von der Natur dafür geschaffen, ihre Gene zu verbreiten und mit einer Frau alleine, ist das ja gar nicht möglich. So hatte sich Rolf eine Welt in seinem Hirn gestrickt, in der er sich wiederfand und ihn von jeglicher Schuld befreite. Vor dem Haus, in dem er wohnte, schloss er gerade sein Fahrrad ab, als die wasserstoffblondierte junge Frau plötzlich vor ihm auftauchte.

»Eva, schön, dass du hier bist. Komm, wir gehen rein.«

Doch Eva machte keinerlei Anstalten, ihm zu folgen. Sie stemmte ihre Hände in die Hüften und brüllte los: »Du verdammter Drecksack. Du erzählst mir was von Liebe? Du willst ständig Sex von mir und hast dabei eine Andere. Ich habe die Schnauze voll von solchen Kerlen, wie du einer bist. Könnt ihr blöden Typen eigentlich immer nur das Eine? Nämlich eure Frauen verarschen und bescheißen? Ich hasse dich, du blödes Arschloch. Komm mir nicht noch einmal unter die Augen, sonst passiert noch ein Unglück! Ich könnte dich umbringen!«

Eva drohte ihm deutlich und ihr rechter Arm fuchtelte vor seinem Gesicht herum.

Im Hause öffnete sich oben ein Dachfenster und eine Frauenstimme keifte: »Was ist das für ein verdammter Lärm da unten? Ihr seid wohl nicht ganz gescheit. Hört auf mit dem Rumgebrülle, sonst komme ich runter!«

Rolf erkannte unschwer Frau Husmann, seine Vermieterin. Er musste an die Situation von vorhin in Karins Wohnung denken, wo auch ein Nachbar sich einschaltete. Er fand die Duplizität der Ereignisse irgendwie komisch. ‚Comedy', dachte er.

»Entschuldigung!« Rolf rief zum Dach hinauf und zu Eva gewandt etwas leiser: »Komm bitte mit rein, dann können wir in Ruhe reden.«

Doch Eva schüttelte den Kopf und brüllte erneut voller Zorn.

»Mit dir reden? Kein Wort rede ich mehr mit dir. Und in deinem Zimmer? Ich weiß genau, was du willst. Du willst nur wieder Bumsen. Am liebsten würde ich dich umbringen, du Arschloch!«

»Ich habe jedes Wort gehört, du alte Zicke, hau bloß ab, sonst komme ich runter!«, drohte Frau Husmann erneut.

Die Blonde schaute Rolf an und er konnte den Hass in ihren Augen erkennen. Es lief ihm eiskalt über den Rücken.

Eva drehte sich um und verschwand, ohne ihm noch einmal in die Augen zu sehen. Sie ging einfach weg. Rolf schaute ihr nach und sah noch, wie Eva um die nächste Hausecke bog. Jetzt bin ich beide Weiber los, ging es Rolf durch den Kopf. Das war ein richtiger Scheißtag.

Samstag, 4. Juli, abends gegen 22 Uhr

Nach den beiden Streitgesprächen mit Karin und Eva war Rolf ziemlich down. Er gab aber nicht sich selbst und seinem Fremdgehen Schuld. Nein, Schuld hatten die beiden blöden Weiber, die so einen Aufstand machten. Er nahm sein Handy und erinnerte sich, als er im Kalender den Termin für den heutigen Abend sah. 22:00 Uhr Domäne Loog. Dann legte er das Handy wieder in die Schublade und schloss es an das Ladekabel an.

Als ihm der Typ, den er im Krullerkopp zum ersten Mal wahrnahm und dann bei der Wattführung wiedersah, in den Sinn kam, änderte sich seine Stimmung. Vielleicht klappte es ja und er konnte dem Kerl ein paar Euro aus dem Kreuz leiern. Die Domäne in Loog war zwar ganz in der Nähe, aber er entschloss sich trotzdem mit dem Fahrrad zu fahren. Vielleicht könnte er ja nach einem erfolgreichen Gespräch noch einmal zu Karin fahren und sich mit ihr versöhnen. Um kurz vor 22 Uhr holte Rolf sein Fahrrad und fuhr um ein paar Ecken zum vereinbarten Treffpunkt. Er stellte sein Fahrrad auf dem Abstellplatz oberhalb der Domäne ab und ging dann ca. 250 Meter bis hinunter zur Domäne. Niemand war zu sehen. Er setzte sich auf einen Feldstein in der Nähe des Eingangs und wartete.

Die Domäne Loog war nicht oder nicht mehr geöffnet. Es wurde langsam dunkel, der Westwind war hier deutlich zu spüren und es war etwas frisch, denn er trug nur sein dünnes T-Shirt. Der Wind wehte ihm auch markante Gerüche in die Nase. Es roch nach Muscheln, Schlick, Algen und Meer, so wie es riecht, wenn die Insulaner wahrnehmen, dass die Flut das Wattenmeer erobert hatte. Der Geruch der Nordsee am Strand ist anders, der gefällt mir besser, dachte er.

Rolf schaute auf seine Uhr. Es war schon 10 Minuten nach 22 Uhr. Gerade als er beschließen wollte wieder zu gehen, hörte er Schritte aus Richtung Loog. Jemand kam in seine Richtung. In der aufkommenden Dämmerung erkannte er den Lehrer.

»Ich hatte gehofft, dass wir uns reinsetzen können, aber es ist ja leider zu«, sagte der Mann, als er bei Rolf ankam.

Rolf nickte, es war ihm jetzt doch etwas unbehaglich, alleine mit diesem Kerl hier draußen, im Dunklen. Und außerdem war ja da noch sein geplanter Erpressungsversuch.

»Komm, wir laufen ein Stück«, schlug der Mann vor.

»Wohin wollen sie denn laufen? Ich möchte lieber hierbleiben.«

»Komm schon.«

Der Mann lief einfach los, Rolf hatte keine Chance, er musste ihm folgen. Sie liefen in Richtung der Salzwiesen im Wattenmeer. Rolf lief etwa langsamer. Dadurch wurde der Abstand zwischen den beiden etwas größer. Rolf grübelte, denn ihm war das Ganze doch ziemlich unheimlich.

Als sie bei den Salzwiesen ankamen, blieb der Mann stehen. Als Rolf ihn erreichte, stoppte er ebenfalls.

»Was willst du von mir?«

»Mit ihnen reden, ich habe alles gesehen.«

»Was hast du gesehen?«, herrschte ihn der Mann an, »willst du etwa Geld von mir?«

Rolf fasste allen Mut zusammen und nickte.

Sonntag, 5. Juli, vormittags

Die, die ihn kannten, nannten ihn Duddkopp. Das war eigentlich ein Schimpfwort, denn in Ostfriesland nannte man so einen Dorftrottel. Mit richtigem Namen hieß er tatsächlich Josip Novak. Er kam als sechsjähriges Kind mit seinen Eltern aus dem damaligen Jugoslawien nach Deutschland. Er wuchs zweisprachig auf, denn seine Mama war eine Deutsche, sein Papa kam aus Serbien. Die Mutter war eine ausgezeichnete Köchin und arbeitete in mehreren Restaurants auf Juist, der Papa arbeitete als Hilfskraft im Hafen und hatte die deutsche Sprache nie richtig erlernt. So kam es dazu, dass Josip bis zum Tod des Vaters, sich mit ihm immer noch in serbischer Sprache unterhielt. Seine Mama wurde einst in Leer geboren und ging dann, der Liebe wegen, zu ihrem Mann nach Belgrad, heiratete und brachte kurz darauf Josip zur Welt.

Den Namen Duddkopp bekam er noch während seiner Schulzeit. Er war auch kein Dummkopf, wie der Spitzname vermuten ließ, allerdings wurde er durch verschrobene Aktionen den Juistern bekannt.

Als Kind hatte er Liebesbriefe seiner Mutter gefunden, Postbote gespielt und die Briefe in diverse Briefkästen auf Juist geworfen. Ein paar Jahre später kletterte er aus Gründen, die kein Mensch kannte, in einen Gully, von dem er vorher den Deckel entfernt hatte. Er blieb im Gully stecken und musste von der

Feuerwehr schließlich befreit werden. Ob auch hier der erste Alkohol im Spiel war, was viele vermuteten, wurde nie bekannt.

Während seines Dienstes bei der Bundeswehr fuhr er mit einem 40-Tonner-LKW durch eine niedrige Brücke und riss dabei das Dach ab. Der Polizei, die ihn kurze Zeit später stoppte, erklärte er, dass er angeblich von dem Unfall nichts gemerkt habe. Die Blutprobe ergab 3,5 Promille. Aber alle diese Geschichten sprachen sich natürlich in Windeseile auf der Insel herum und er hatte seinen Spitznamen weg: Duddkopp.

Sein richtiger Name ist tatsächlich nur Wenigen bekannt, obwohl er seit damals nichts Spektakuläres mehr unternommen hatte. Er wohnte allerdings als 50-Jähriger immer noch bei seiner Mutter, die inzwischen auf Juist eine kleine Pension betrieb. Da er außerdem offensichtlich keinem Beruf nachging, führte das auf der Insel zu diversen Vermutungen und bei geselligen Runden der Einheimischen wurden immer wieder neue Geschichten vom Duddkopp verbreitet, deren Wahrheitsgehalt niemand wirklich überprüfte.

Wie fast an jedem Sonntag, saß er auch heute wieder in der Inselkirche, um am Gottesdienst teilzunehmen. Er hörte aufmerksam zu, als die Inselpastorin Stefanie Lohmann predigte und dabei über die Geschichte vom ungläubigen Thomas sprach. Sie erzählte, dass Thomas erst an die Auferstehung Jesus glaubt, als er sich überzeugt hat, dass Jesus vor ihm steht. Jesus sagt daraufhin zu ihm: Weil du mich gesehen hast, glaubst du. Selig sind, die nicht sehen und doch glauben.

Als die Besucher am Ende des Gottesdienstes die Inselkirche verließen und sich von der Pastorin verabschiedeten, ging er als Letzter auf sie zu und fragte: »Moin, Froo Pastoor, villicht hebb ik van hör Preken nich alls recht verstahn. Se hebben seggt, dat ik glöven mutt, ok wenn ik wat nich seeg of föhl. Hebb ik dat recht verstahn?«

Da er nicht sicher war, ob die Pastorin sein Platt verstand, versuchte er ein wenig Hochdeutsch einzubauen. »Se hebbt seggt, äh, sie haben gesagt, dat ik glöven mutt, also glauben muss, wenn ik wat nich seeg of föhl, also, nicht sehen oder fühlen kann. So hebb ik dat verstahn. Hab ich dat richtig verstanden?«

Die Pastorin nickte und stimmte zu:

»Ja, so ist es, das haben sie im Prinzip richtig verstanden. Oder sagen wir so, ich weiß, was sie meinen. Jesus versteht es, dass Thomas zweifelt und bietet ihm an, dass er sich vergewissert. Erst danach fordert er Thomas auf, nicht ungläubig zu sein, sondern gläubig. Thomas wird also für seine Zweifel nicht kritisiert. Jesus versteht, wenn wir Menschen Zweifel haben und die darf jeder von uns auch haben. Unser Glaube hat nichts mit Müssen zu tun.«

Sie kannte den Josip Novak, da er an jedem Sonntag zur Kirche kam. Ihr waren auch viele Geschichten von ihm bekannt und sie kannte auch seinen Spitznamen. Aber zum ersten Mal sprach er sie an, unterhalten hatte sie sich mit ihm bisher noch nie.

Er fragte weiter: »Is dat blot, wat de Gloov of de Kark angeiht? Wat is mit dat, wat ik in dat Dagbladd lees of wat Politikers so alls van sük geven? Of dat, wat anner Minsken mi vertellen, mutt ik dat ok alls glöven?«

Die Pastorin unterdrückte ihr Schmunzeln, denn sie fand seine Frage durchaus berechtigt.

»Es ist wichtig, dass wir Menschen zu allen Dingen im Leben, zu dem, was wir hören, sehen und lesen, uns eine eigene Meinung bilden. Wenn wir also Zweifel haben, sollten wir immer mit unseren Zweifeln umgehen und fragen und klären, wie es wirklich ist. Ich sagte eben schon einmal, unser Glauben hat nichts mit Müssen zu tun. Wir dürfen zweifeln, auch, was den Glauben angeht. Das darf jeder, natürlich trifft das auch auf alles zu, was wir von Politikern hören oder wenn wir etwas in der Zeitung lesen. Auch was sie von Freunden oder Nachbarn hier auf der Insel sehen oder hören, daran dürfen sie natürlich genauso zweifeln. Also nicht alles einfach glauben. Oft ist es besser, wenn sie die Dinge kritisch überprüfen, wenn sie dazu in der Lage sind. Das ist besser, als Klatsch und Tratsch zu glauben und weiterzuverbreiten.«

Der Duddkopp bedankte sich und verabschiedete sich von der Pastorin.

Eine Viertelstunde später stand er in der Polizeiwache und fragte Hanke:

»Moin. Ik hebb höört, dat vör uns Eiland en Frachtschipp in Seenood is. Is dat würkelk wahr?«

Hanke kann das ostfriesische Platt zwar sehr gut verstehen, vermied aber, es zu sprechen, nachdem er es in einer Bierrunde mal ausprobierte und dann ein echter Ostfriese meinte, dass er die Ostfriesen auf den Arm nehmen wolle. Daher antwortet er auf Hochdeutsch.

»Der Frachter ist inzwischen stabilisiert. Die Mannschaft ist auch ok. Aktuell behindert aber der starke Wind weitere Maßnahmen. Wieso fragst du das?«

»De Froo Pastoor hett mi dat seggt«, und der Duddkopp erklärt ihm, wie er die Predigt in der Kirche verstanden hat. Er erzählte, dass er durchaus kritisch fragen soll, wenn er etwas nicht genau weiß. Der Duddkopp bedankte sich bei Hanke und ging wieder.

Hanke kannte natürlich auch viele Geschichten, die vom Duddkopp erzählt wurden und schmunzelte. Eigentlich mochte er ihn ganz gern, denn er war immer ein liebenswerter Kerl gewesen.

Montag, 6. Juli, gegen Mittag

Man hatte ihm ein griechisches Restaurant in Aurich empfohlen. Auf dem Weg zum Essen war, kam ihm prompt der Song »Have a Drink on Me« in den Sinn. Doch nach ein paar laut gesungenen Zeilen: »Gonna roll around, gonna hit the ground, take another swing, have another drink....«, merkte er, dass Passanten ihn seltsam musterten. Markus musste grinsen, aber hörte mit dem Gesang auf, da er auch schon vor der Taverna Kritamo stand.

Er fand einen Tisch und wählte sich aus der Karte Tsatsiki aus, das er mit besonders viel Knoblauch orderte. Seine Kollegen würde sicher nicht begeistert sein, wenn er nach seiner Rückkehr Knobiduft verbreiten würde, aber das war ihm ziemlich egal.

Die Vorspeise hatte er mit großem Genuss verspeist und widmete sich gerade der Moussaka, als sein Handy klingelte.

Auf dem Display erkannte er das Bild seiner Kollegin Helga Weilburger.

»Hallo Helga, hast du Langeweile und sehnst dich nach meiner Gegenwart?«, alberte er.

Doch dann hörte er intensiv zu, was sie ihm zu erzählen hatte.

»Ich komme sofort.«

Er unterbrach sein Essen, rief die Bedienung und sagt: »Ich kann leider nicht zu Ende essen, ich bin von der Polizei und muss sofort zu einem Einsatz. Bitte bringen sie mir schnell die Rechnung.«

Die junge Frau antwortete: »Ich bin die Tochter des Chefs und sage ihnen, dass sie jetzt einfach gehen können. Kommen sie in den nächsten Tagen wieder, sprechen sie mich an und bestellen sie ihre Moussaka neu. Dann können sie auch das Tsatsiki und ihr Getränk von heute bezahlen. Gehen sie ruhig, ihr Einsatz ist sicher sehr wichtig.«

Markus war vollkommen verblüfft und auf dem Weg zurück zur Polizeiinspektion überlegte er, ob das ostfriesische oder griechische Gastfreundschaft war, was ihm gerade widerfuhr.

Wenige Minuten später stand er mit Helga Weilburger vor dem Hubschrauber, der sie nach Juist bringen sollte. Bevor sie in den Polizeihubschrauber einstiegen, informierte sie ihn kurz über den Einsatz: »Auf der Insel Juist wurde eine männliche Leiche gefunden. Der Mann ist wahrscheinlich erst vor kurzer Zeit keines natürlichen Todes gestorben.«

Juist gehört zum Landkreis Aurich und bei Kriminalfällen auf der Insel werden immer Ermittler der Polizeiinspektion Aurich/Wittmund eingesetzt. Die Inselpolizei selbst befasst sich eher mit einfacheren Delikten.

Heike und Markus hatten sich im Hubschrauber nach hinten gesetzt und trugen Kopfhörer mit integrierten Mikrofonen. So konnten sie sich während des Fluges verständigen, denn in einem Helikopter ist es sehr laut während des Fluges.

»Normalerweise brauchen wir bis zur Landung ungefähr 20 Minuten, aber heute sind die Wetterbedingungen nicht gut. Wir haben starke Winde und es regnet auf Juist in Strömen«, ist der Pilot über die Kopfhörer zu vernehmen.

Markus schaute Helga an. »Ich war noch niemals auf Juist.«

»Ich schon«, antwortete diese, »ich war sogar mal ein halbes Jahr bei der Inselpolizei. Im Sommer sind da meistens zwei von uns, die dort Dienst haben. Im Winter reicht eine Person aus, da gibt es auch kaum Touristen.«

Helga hatte ein Lächeln im Gesicht, als sie an ihre Juist-Zeit denkt.

»Dann kannst du mir ja ein wenig erzählen. Ich weiß nur, dass es auf Juist keine Autos gibt, nur Fahrräder und Pferde. Stimmt das?«

Helga lachte. »Ja, das ist richtig, oder besser gesagt, fast richtig. Die Feuerwehr besitzt natürlich Fahrzeuge zum Löschen, es gibt Rettungsfahrzeuge, für Notfälle und auch die Ärzte, die es auf Juist gibt, haben Autos. Die Insel ist schließlich siebzehn Kilometer lang. Da kann man in Notfällen nicht mit dem Fahrrad fahren.«

»Und wir? Wie machen wir das? Fahren wir auch mit Fahrrädern?«

Markus schaute etwas irritiert.

»Nein!«, versuchte ihn Helga zu beruhigen, »es gibt einen MTW, also Mannschaftstransportwagen von der Feuerwehr, den wir in bestimmten Fällen nutzen können. So war es zumindest früher, aber mit Sicherheit werden wir auch Fahrräder nutzen.«

Markus versuchte sich den Einsatz auf Juist in Gedanken auszumalen, legte sich in den Sitz zurück und dachte nach.

Montag, 6. Juli, gegen Mittag

Karin versuchte zum wiederholten Mal Rolf auf dem Handy zu erreichen. In ihrem Zimmer lagen noch Kleidungsstücke und ein Laptop von ihm. Sie hatte schon alles in eine Tasche gepackt und wollte, dass er seine Utensilien möglichst bald bei ihr abholen würde. Bei allen Versuchen, Rolf zu erreichen, meldete sich immer nur die Mobilbox. Da sie schon mehrfach eine Nachricht für Rolf aufgesprochen hatte, beendete sie dieses Mal einfach den Anruf.

Sie fuhr mit dem Fahrrad nach Loog zur Pension Schaumkrone, in der Rolf wohnte. Als sie die Tür öffnete, traf sie auch sofort die Inhaberin der Pension, Frau Husmann. Da Karin ihr nicht unbekannt war, sagte Frau Husmann: »Ihr Freund ist nicht da, ich habe ihn am Freitag früh weggehen sehen. Er wollte zu einer Wattwanderung, bin mir aber nicht ganz sicher. Aber heute ist er mir noch nicht über die Füße gelaufen.«

»Wenn sie ihn sehen, richten sie ihm bitte aus, dass er mich gleich anrufen soll.«

»Na klar, das mache ich.«

Dann fiel der Frau Husmann noch etwas ein.

»Übrigens, gestern Abend war er auch hier. Da hatte er hier vor dem Haus einen fürchterlichen Streit mit einer Frau. Ich dachte erst, dass sie das gewesen sind. Aber dann sah ich, dass die Frau ganz blonde Haare hatte. Das muss jemand anders gewesen sein.«

»Wissen sie, um was es bei dem Streit ging?«

»Ich bekam nicht alles mit, aber sie beschimpfte ihn, weil er immer nur Sex von ihr wolle und dann hat sie noch gesagt, dass sie ihn umbringen wolle, dass es ein Unglück geben werde oder so ähnlich.«

Karin konnte sich gut vorstellen, wer diese Frau war und was sie von Rolf wollte.

Montag, 6. Juli, gegen Mittag

Bei Norddeich erreichte der Helikopter die Küste und sie konnten aus der Luft erkennen, wie der Wind das Wasser aufpeitschte und der Regen die Sicht erschwerte.

»Ich freue mich darauf, dich als Fremdenführerin kennenzulernen. Wahrscheinlich werden wir die Gelegenheit haben, mehr von der Insel zu sehen und nicht nur in die Augen von Verbrechern zu schauen. Und wahrscheinlich wird das Wetter auf Juist irgendwann mal besser.«

»Du hast recht. Die Insel ist wirklich wunderschön selbst bei Regenwetter und außerdem, die Kriminalitätsrate sehr niedrig. So viel Augen von Gangstern wirst du also nicht zu sehen bekommen. Aber denk dran, wir sind dienstlich hier.«

»Ich denke an nichts anderes.«

Markus entschloss sich erst einmal abzuwarten und den Rest seiner Fragen nach der Landung zu klären.

»Wenn das Wetter besser wird, können wir, falls Zeit ist, auch mal baden gehen. Juist hat einen irren Strand«, schlug Helga vor.

»Apropos Baden. Der Polizist sagt zu der jungen Frau, Baden ist hier verboten! Fragt sie: Warum haben sie das nicht gesagt, bevor ich mich ausgezogen habe? Sagt der Polizist: Ausziehen ist hier nicht verboten.«

Markus liebte Witze und wenn es blöde Witze sind, hatte er sie besonders gern.

Helga musste lachen, sagte dann aber: »Ich kenne ja deine Art und deine Sprüche, aber manchmal ist unsere Arbeit hart und brutal genug, da ist mir nicht immer nach Albernheiten zumute.«

»Das verstehe ich sehr gut, aber mir geht es so, dass mich Humor entspannt. Wenn ich zerknirscht und down bin, kann ich meine Arbeit nicht so gut machen. Wenn ich lachen kann, denke ich meistens sehr viel besser«, erklärte Markus seinen Standpunkt.

»Da hast du auch wieder recht«, pflichtete Helga ihm bei, »Dann erzähle ich auch einen: Sagt 'ne Kuh zum Polizisten: Mein Mann ist auch Bulle.«

»Das ist auch ein netter, gefällt mir.«

Markus fühlte sich richtig wohl mit Helga. Er liebte Frauen mit Humor.

Über ihre Kopfhörer hörten der Pilot und Helga, wie Markus wieder mal seiner Musik-Macke frönte.

»The storm is raging, winds are howling, the water's calling, rescue you, a flash of lightning, at times a frightening, a wind is coming, and the sun don't shine, rainy day, may day, may day, stormy rain day...«, und nach kurzer Pause sagte er, »obwohl ja eigentlich Juli ist.«

Helga fragte: »Kenne ich nicht. Was war das für ein Song?«

»Kennst du nicht? Das war von AC/DC ‚Stormy May Day'. Ich bin ein großer AC/DC-Fan.«

»Das mit AC/DC habe ich schon gemerkt.«

Aber dann wollte sie nicht noch einmal seine Gesangskünste veralbern und lenkte ab.

»Schau, da drüben der Leuchtturm. Das ist das Memmertfeuer«, Helga zeigte auf einen Turm, der durch die Regenwand auftauchte.

»Was ist das? Das Memmertfeuer?«, wollte Markus wissen.

»Früher stand mal auf der Vogelinsel Memmert ein Leuchtturm. Ende der 1980er-Jahre, war das Ding kaputt, nicht mehr zu gebrauchen, er stand nämlich lange im Wasser und das sorgte dafür, dass er mehr und mehr zerfiel und nicht mehr genutzt werden konnte. Das Leuchtenhaus, also oben der Teil, wo das Licht drin ist, hatte man gerettet. Die Juister haben dann später dafür gesorgt, dass hier, ein paar Jahre danach, dieser Turm neu gebaut und das alte Leuchtenhaus da draufgesetzt wurde.«

»Klingt spannend, gefällt mir«, antwortete Markus.

Helga fuhr fort: »Inzwischen ist der Leuchtturm allerdings kein Seezeichen mehr, er dient der Insel zur Zierde und trägt den Namen Memmertfeuer. Mir gefällt das auch.«

Neben dem Leuchtturm setzte der Hubschrauber zur Landung an. Nachdem sich die beiden Polizisten abgeschnallt hatten, zogen sie sich ihre Regenjacken über und verließen den Helikopter. Neben ihnen standen mehrere Personen. Ein Polizist der Inselpolizei und zwei Mitglieder der Freiwilligen Feuerwehr. Ein Feuerwehrmann fragte: »Wollen wir uns in den Bus setzen und dort alles Weitere bereden oder ist es besser im Hafengebäude?«

»Wollen wir nicht zuerst zum Fundort der Leiche?«, fragte Markus.

Der Ortspolizist ergriff das Wort: »Moin, mein Name ist Hanke Hinrich, ich bin Oberkommissar und Mitarbeiter vom Polizeihauptkommissar Eike Haferland. Es war nicht sinnvoll, die Leiche im Schlick liegenzulassen, denn der Regen und die aufkommende Flut machten es notwendig, den Körper von der Feuerwehr bergen zu lassen. Wir haben den Fundort der Leiche untersucht, Spuren gesichert und die Leiche fortgeschafft. Das ist die derzeitige Spurenlage, die Obduktion wird sicher mehr Klarheit schaffen.«

»Wo wird die Obduktion vorgenommen? Ist das die Rechtsmedizin in Oldenburg?«, fragte einer der Feuerwehrleute.

Helga nickte und fragte: »Wie kommt der Leichnam dort auf schnellstem Wege hin?«, sie wandte sich an den Hubschrauber-Piloten, »können sie das mit dem Hubschrauber machen, den Toten dort hinfliegen?«

Der Pilot klärte die Frage telefonisch mit seiner Dienststelle und wies dann darauf hin, dass später noch Formalitäten nachgeholt werden müssen. Die Feuerwehr holte dann die

Leiche in einem Leichensack. Markus öffnete den Sack und gemeinsam mit Helga betrachteten sich die äußerlichen Spuren. Nachdem der Sack wieder geschlossen wurde, verlud die Feuerwehr diesen in den Hubschrauber. Der hob ab und verschwand in den Regenwolken.

»Es ist nicht weit bis zu unserer Dienststelle, wollen wir die restlichen Fragen dort klären?«, Hanke Hinrich machte einen praktischen Vorschlag zum weiteren Vorgehen.

»Das sind gut 300 Meter, das schaffen wir auch bei dem Wetter zu Fuß. Es wäre gut, wenn auch jemand von der Feuerwehr mitkommt«, Helga übernahm die Initiative.

»Ich habe ja den MTW dabei, dann können wir ja auch das Stück fahren, den muss ich ohnehin mitnehmen«, meldete sich der Feuerwehrmann zu Wort und blitzschnell verschwanden alle im Feuerwehrfahrzeug.

Auf der Polizeistation in der Carl-Stegmann-Straße übernahm Hanke Hinrich das Teekochen, denn alle wollten sich wieder aufwärmen. Selbst im Juni kann es bei Regen und starkem Wind auf Juist ziemlich frisch sein.

»So, ich denke, wir beginnen damit, dass wir uns erst einmal vorstellen. Ich bin Kriminalhauptkommissar Markus Niemand«, er blickte zu Helga hinüber.

»Mein Name ist Helga Weilburger. Ich bin Kriminalkommissarin. Mein Partner Markus Niemand und ich sind von der Kripo Polizeiinspektion Aurich/Wittmund. Ich habe schon mal ein halbes Jahr hier auf Juist Dienst gemacht. Ein paar Ortskenntnisse sind also bei mir vorhanden.«

Nachdem auch Hanke und der Feuerwehrmann sich noch einmal vorgestellt hatten, kam Markus zur Sache.

»So, jetzt mal Butter bei die Fische. Welche Informationen habt ihr für uns?«

Markus schaltete seinen Laptop ein um sich Notizen machen können und Helga notierte sich alles lieber in einem Notizbuch.

Als alle Fakten auf dem Tisch lagen, fasste Helga zusammen und notierte auf einer Pinnwand:

- Männliche Leiche, Mitte 20, Identität ungeklärt,
- Todesursache noch unklar,
- Die Kleidung: dunkelblaue Jeans und grünes T-Shirt,
- Blutflecken auf dem Shirt,
- Der Körper lag ca. 70 Meter westlich vom Hafengebäude im Watt,
- Der Fundort der Leiche ist nicht der Tatort,
- Ein Tourist ging heute Morgen am Hafen auf dem Deich Richtung Leitdamm. Er setzte sich auf die Skulptur des Krebses. Er wollte dort einfach entspannen, blickte auf das Watt und erblickte plötzlich einen Arm, der aus dem Schlick ragte.
- Das war gegen 11:00 Uhr,
- Die Daten dieses Mannes sind bekannt

Sie hob ein Foto in die Höhe und sagte: »Hier ist auch ein Bild, das wir vom Gesicht der Leiche haben.«

Hanke Hinrich öffnete einen Ordner und holte weitere Fotos heraus.

»Wir haben versucht, das Gesicht auf dem Foto so natürlich wie möglich aussehen zu lassen, dass er nicht gleich wie ein Toter wirkt.«

»Alle Achtung«, Markus lobte das Ergebnis, »gutes Bild und das bei dem Shit-Wetter.«

Der Feuerwehrmann meldete sich zu Wort: »Mein Kollege und ich haben den Mann geborgen. Wir sind beide hier von der Insel. Wir kennen den Toten nicht. Und wir hier auf Juist kennen uns normalerweise alle. Es muss sich also um einen Touristen halten.«

»Gab es keine Spuren, aus denen man ersehen konnte, wie die Leiche ins Watt kam?«, wollte Markus wissen.

Der Mann von der Feuerwehr verneinte und Hanke Hinrich sagt: »Das Einzige, was mir einfällt, ist, dass der Mann in einem Boot war, eventuell schon vorher oder an Bord getötet und dann bei Flut über Bord geworfen wurde. Als dann die Ebbe kam, wurde er im Watt gefunden. Da im Wattenmeer die Strömung von West nach Ost verläuft, ist der Körper vermutlich weiter westlich ins Meer gelangt.«

»Oder die Leiche kam anderweitig, weiter westlich ins Wattenmeer, wie auch immer«, meldete sich Helga zu Wort.

»Ich denke, wir können im Augenblick nur spekulieren, wir brauchen Fakten. Lasst uns für heute Schluss machen.«

Markus beendete das Meeting und wandte sich an seine Kollegin: »Und was ist mit uns? Es macht ja keinen Sinn, mit der Fähre zurückzufahren. Morgen müssen wir sicher noch einige Gespräche hier führen.«

»Mit der Fähre heute zurück, das ist unmöglich, heute fährt nämlich keine mehr. Du gehst am besten in ein Hotel, ich übernachte bei einer Bekannten, alte Freundin von mir, bei der komme ich immer unter.«

»Welches Hotel empfiehlst du mir?«, fragt Markus.

»Warte, ich rufe mal an«, Helga wählte eine Nummer, fragte nach und informierte Markus: »Geht klar, Hotel Atlantic, ist nicht so weit, ich bringe dich hin.«

»Gehen wir noch etwas essen?«

»Worauf hast du denn Appetit? Ich würde gern Fisch essen. Und du?«, wollte Helga wissen.

»Ich nehme an, da im Hotel kann man das auch bekommen. Lass uns dort essen, dann kann ich danach gleich aufs Zimmer, ich würde mich gern ins Bett legen und nachdenken.«

»Einverstanden, wir werden dort in der Speisekarte sicher etwas Passendes finden.«

»Und morgen kommst du direkt zum Frühstück in mein Hotel, ich lade dich ein. Ok?«

»Lass uns früh anfangen. Was hältst du von halb acht?«

»Super, gute Idee. Dann los, lass uns gehen.«

Auf dem Weg zum Hotel entdeckte Markus den Schiffchenteich. Obwohl es schon spät am Nachmittag war, tummelten sich noch viele Kinder dort und ließen ihre Spielzeugboote schwimmen.

»So etwas hätte ich mir als Kind auch gewünscht. Schön hier.«

Aber da standen sie auch schon vor dem Hotel Atlantic.

Dienstag, 7. Juli, vormittags

Markus saß gerade am Frühstückstisch und öffnete seinen Laptop, als Helga hereinkam und ihn begrüßte.

Nachdem Markus festgestellt hatten, dass noch keine neuen Nachrichten für ihn vorlagen und beide gefrühstückt hatten, fragte Helga: »Wie gehen wir vor, was machen wir heute?«

»Wir haben keine Daten, nur ein Foto der Leiche, ich überlege, wo wir nachhaken können, wen können wir fragen?«

»Ich habe eine Idee, da hinten gibt es einen Bäcker, bei dem man frische Brötchen kaufen kann. Fast alle Touristen kaufen dort ein. Vielleicht haben wir dort in der Bäckerei Remmers Glück.«

Markus wirkte sehr motiviert und stimmte Helga zu.

Markus sagte: »Dann auf, wir können ja auch in dem einen oder anderen Supermarkt nachfragen.«

Markus erhob sich, regelte mit dem Frühstücksservice die Rechnung für Helga und dann standen beide auf der Straße.

Der Lebensmittelmarkt Gillet war nur wenige Schritte vom Hotel Atlantic entfernt. Sie gingen hinein und sahen sich um. Es war relativ voll, und die Kunden drängten sich durch die engen Gänge. Ein sehr breites, umfangreiches Angebot war auf relativ kleinem Raum untergebracht.

Im Eingangsbereich trafen sie auf einen Mitarbeiter.

»Können wir ihnen kurz ein paar Fragen stellen, wir sind von der Kriminalpolizei?«

»Moin, mein Name ist Gillet, ich bin ein Sohn des Inhabers. Geht's um die Leiche, die gestern gefunden wurde?«

»Woher wissen sie davon?«, fragte Markus überrascht.

»Wissen sie, wir leben hier auf einer kleinen Insel und es ist daher nicht zu verhindern, dass hier jeder alles erfährt, egal ob es sich um Klatsch und Tratsch handelt oder um Mord und Totschlag«, erwiderte der junge Gillet.

»Na gut«, Markus nickte: »ich kenne das, denn ich bin im Münsterland aufgewachsen. Da ist es teilweise sehr ähnlich. Hier schauen sie mal, das ist ein Foto des Verstorbenen. Haben sie den schon mal gesehen?«

Gillet wirkt überrascht: »Ja, den habe ich schon zwei- oder dreimal hier gesehen.«

»Haben sie einen Namen für uns?«, wollte Helga wissen.

»Nein, tut mir leid. Den Namen weiß ich nicht. Er hat meines Wissens auch immer bar bezahlt. Hätte er mit der EC-Karte gezahlt, könnten wir seine Daten ermitteln. Aber dazu müsste ich wissen, was er gekauft hat und Datum und Uhrzeit dazu. Wissen sie, wir haben wirklich viele Kunden hier...!«

»Wo er wohnt oder besser wo er gewohnt hat, wissen sie das eventuell?«, fragte Markus.

»Nein, tut mir wirklich leid, ich würde ihnen wirklich gerne helfen, aber in dem Fall... Tut mir leid. Ich weiß nur, dass er hier eingekauft hat, mehr nicht.«

»Was ist mit ihren Mitarbeitern? Kann es sein, dass jemand von denen den Mann kennt?«, Helga hakte nach.

»Ich würde ihnen wirklich gerne helfen, aber sie können sicher sein, von unserer Mannschaft kennt niemand den Mann.«

»Wenn Ihnen noch etwas einfällt, melden sie sich bitte bei uns«, Markus wollte das Gespräch beenden.

»Klar doch, den Hanke Hinrich sehe ich ohnehin ein paar Mal am Tag, außerdem ist die Polizei auch nur um die Ecke herum. Wenn ich etwas Neues erfahre, ich melde mich.«

Markus und Helga verabschiedeten sich vom Sohn des Ladeninhabers und verließen den Markt.

»Da vorn, gleich um die Ecke, in der Friesenstraße ist der Frischemarkt. Dort sollten wir auch noch einmal nachfragen.«

Markus stimmte zu und sie marschierten in den nächsten Laden. Aber hier war der Gesuchte völlig unbekannt. Offensichtlich hatte der unbekannte Tote nur im Gillet-Markt gekauft.

Auf der Straße sagte Helga: »Komm, dort ist die Bäckerei, vielleicht erfahren wir bei denen etwas mehr.«

Die Bäckerei Remmers lag direkt am Anfang der Billstraße. Wer traditionelle Bäckereien liebte, kam hier voll auf seine Kosten. Schon in einiger Entfernung von der Tür konnte man den Geruch von Brot, Brötchen und Kuchen wahrnehmen. Als Markus den Laden betrat, verstärkte sich bei ihm ein wohliges Gefühl. Er hatte als Kind direkt neben einem Bäcker gewohnt und alte, vertraute Bilder wurden in seiner Erinnerung wieder wachgerufen.

Es war ziemlich voll im Laden. Markus drängte sich an der Schlange vorbei und kam von vorn auf die Ladentheke zu. Er sprach eine Verkäuferin an: »Wir sind von der Kriminalpolizei und haben nur ganz kurz eine Frage.«

Sofort verstummten die Gespräche im Raum und alle lauschten neugierig interessiert, was die Polizei hier wohl erfahren will.

Helga zog das Foto hervor und zeigte es der Verkäuferin. Sofort kamen zwei andere Verkäuferinnen hinzu und ließen Kunden Kunden sein.

»Kennen sie diesen Mann?«, wollte Helga wissen.

»Ist das der Ermordete?«, erkundigte sich eine der Verkäuferinnen.

»Ob er ermordet wurde, wissen wir nicht.«

Markus wollte mit seiner falschen Aussage dem Klatsch etwas entgegentreten und zeigte das Bild den Frauen hinter der Ladentheke. Zwei Verkäuferinnen erkannten den Mann wieder, wussten allerdings auch nicht mehr von ihm, weder seinen Namen noch seine Unterkunft auf der Insel.

Markus entschloss sich, auch die Kunden im Laden zu befragen, aber vergeblich. Sie konnten keine neuen Erkenntnisse gewinnen.

Gerade, als sie den Laden verlassen wollten, klingelte das Handy von Markus. Es war die Dienststelle in Aurich. Man teilte ihm mit, dass das Obduktionsergebnis eingetroffen sei, man würde es wird ihm auf seinen Laptop schicken.

Helga und Markus kamen überein, zurück zur Dienststelle zu gehen. Da der Fußweg nur ungefähr 400 Meter betrug, legten sie die Strecke in 5 Minuten zurück.

»She told me to come, but I was already there, 'cause the walls start shaking, the earth was quaking, my mind was aching and we were making it, and you shook me all night long«, Markus sang wieder und Helga fragte: »Bist du sicher, dass die Jungs von AC/DC den Song von dir wiedererkennen würden?«

Markus lachte: »Ja, du hast recht, das war ein Song von AC/DC. Er heißt 'You shook me all night long‘. Hast du den schon mal richtig gehört?«

»Vielleicht kannst du mir den mal im Original vorspielen. Ich glaube, das könnte ein richtig guter Rock-Song sein.«

Sie musste doch schmunzeln, es machte ihr Spaß, ihren Kollegen zu ärgern. Doch den störten die spöttischen Kommentare nicht. Er wusste, dass er kein großer Sänger war.

»Langsam gewöhne ich mich daran, zu Fuß zu gehen«, lächelte Markus, als sie in der Polizeistation ankamen. Ein hochgewachsener Polizist begrüßte sie.

»Moin, ich bin Eike Haferland. Ich leite hier die Polizeistation auf Juist seit drei Jahren. Hanke Hinrich hat mir von ihnen erzählt und sie beide über den grünen Klee gelobt. Die Zusammenarbeit sei ausgesprochen gut. Das ist schön, gefällt mir. Hoffentlich stellt sich auch bald Erfolg ein und wir können den verhaften, der diese schreckliche Tat begangen hat. Wissen sie, die Anzahl der Straftaten ist hier auf Juist auf dem niedrigsten Stand seit Jahren und die Aufklärungsquote ist auf dem höchsten Stand. Insgesamt wurden 9 von 10 Gewalttaten aufgeklärt. Und einen Mord gab es hier schon lange nicht mehr. Wir werden alles tun, um sie zu unterstützen.«

Markus bedankte sich für das positive Feedback und stellte Helga und sich selbst vor.

Sie vereinbarten mit dem Polizeihauptkommissar, dass Hanke weiterhin zum Team der kleinen Mordkommission gehören würde. Eike Haferland kümmert sich in der Zwischenzeit um den Rest der Arbeit, würde aber bei Bedarf zusätzlich unterstützen.

Hanke Hinrich hatte das Ergebnis der Obduktion bereits ausgedruckt.

- Die Todeszeit zu ermitteln, war offensichtlich nicht sehr einfach, da der Körper sehr lange im Wasser gelegen hatte, aber die Gerichtsmedizin legte sich fest, der Unbekannte war vor drei Tagen verstorben, also am Samstag, 4.7.

- Todesursache war ein Schuss aus einer Pistole, die Kugel hatte die Herzschlagader zerfetzt. Der Mann war sofort tot.
- Das Kaliber der Pistole war nicht zu klären, da es sich um einen vollständigen Durchschuss handelte und sich daher kein Geschoss mehr im Körper befand.
- Die Ausschusswunde war deutlich größer als die vom Einschuss. Der Schuss wurde aus einer Entfernung von ca. 1 Meter abgegeben.
- Der Fundort der Leiche war nicht der Tatort.
- Am Körper befanden sich deutlich erkennbare Schleifspuren vom Sand.
- Der Körper hat also eine gewisse Distanz im Watt zurückgelegt, entweder in der Balje oder in einem Priel.

Der Verstorbene ist 1,78 Meter groß, hat dunkelblonde Haare und wiegt 75 kg.

-

Dienstag, 7. Juli, vormittags

Als sie zu dritt den Obduktionsbericht studierten, hörten sie ein Geräusch. Eine junge Frau hatte die Polizeistation betreten und stand im Eingangsraum. Hanke Hinrich verließ das Besprechungszimmer und ging zu ihr hinüber.

»Mein Name ist Karin Watzke. Ich vermisse meinen Freund, er ist verschwunden, vielleicht können sie mir helfen«, spricht die junge Frau, relativ leise, aber gefasst.

»Verschwunden?«, fragt der Polizist, »seit wann?«

»Ich habe ihn drei Tage nicht gesehen und bin deshalb heute Morgen zu seiner Pension gegangen. Dort haben die Vermieterin und ich festgestellt, dass er in der letzten Nacht dort nicht übernachtet hat.«

Hanke Hinrich nahm die Namen der Frau und von dem Verschwundenen auf.

»In welchem Verhältnis stehen sie zueinander?«, fragte Hanke.

»Wir haben uns im letzten Jahr hier auf Juist kennengelernt und uns ineinander verliebt. Seitdem haben wir uns fast jeden Tag gesehen. Also nicht wirklich jeden Tag. Ich arbeite im Service, in der Gastronomie. Da muss ich manchmal auch abends arbeiten. Aber so drei- bis viermal pro Woche waren wir schon zusammen.«

»Leben sie denn beide hier auf der Insel Juist?«

»Nein, Rolf ist als Rettungsschwimmer hier auf Juist und nur in den Sommermonaten hier. Genau wie ich. Ich arbeite im Service im Lütje Teehuus.«

»Wann haben sie sich zuletzt gesehen?«

Bevor Karin antworten konnte, kam Markus in den Eingangsraum, stellte sich kurz vor und sagte: »Ich habe ihr Gespräch mithören können. Bitte beschreiben sie noch einmal den Verschwundenen.«

»Mh«, Karin zögerte: »Rolf ist etwas größer als ich und hat eine relativ schlanke Figur. Seine Haare sind dunkelblond.«

»Das könnte passen«, sagte Markus zu Hanke. Markus zeigte Karin das Foto des Toten.

»Schauen sie sich doch bitte mal dieses Bild an.«

Er reichte ihr das Foto, Karin erschrak und schrie auf.

»Das ist, das ist er.« Sie fing an zu schluchzen und stotterte: »Was ist mit ihm? Was ist passiert? Wo kommt das Bild her? Wo haben sie das her?«

Karin schaute ängstlich zu den Polizisten. Inzwischen kam auch Helga zum Gespräch hinzu. Sie bot der weinenden Frau einen Stuhl an. Diese setzte sich hin. Die Tränen liefen über ihre Wangen und sie wiederholte ihre Fragen: »Was ist mit ihm? Was ist passiert?«

Helga setzte sich zu ihr: »Der Mann ist tot. Er wurde gestern aufgefunden.«

Ihre Worte lösten bei Karin hemmungsloses Weinen aus.

»Nein, nein, das kann nicht sein«, presste sie hervor und fragte: »Ist er verunglückt?«

Markus schaltete sich ein: »Nein, nach den bisherigen Erkenntnissen, wurde der Mann ermordet.«

»Ermordet? Ermordet? Also kein Unfall, was ist denn genau passiert?«

Karin wirkte völlig fassungslos.

Helga fragte: »Brauchen sie medizinische Hilfe?«

Karin schluchzte: »Ich weiß nicht. Nein, ich glaube nicht.«

Hanke bot ihr etwas zu trinken an: »Hier ein Glas Wasser für sie.«

»Danke.«

Karin nahm einen großen Schluck und sagte nach längerem Schweigen: »Ich glaube, es geht wieder. Es ist, als hätte mir jemand den Boden unter den Füßen weggezogen. Ich habe aber noch ein paar Fragen an sie.«

»Wir haben auch Fragen an sie«, Markus schaltete sich ein, »erholen sie sich einen Augenblick, dann werde ich ihnen meine Fragen stellen und dann werden auch ihre Fragen beantwortet. Möchten sie eine Tasse Kaffee, bevor wir loslegen?«

»Gerne, einen Kaffee kann ich jetzt gebrauchen.«

Nachdem sich Karin einigermaßen beruhigt hatte, wird sie von Markus und Helga vernommen.

»Wo hat Rolf hier auf Juist gewohnt?«, fragte Markus.

»Im Haus Schaumkrone in Loog, da gibt es Personalwohnungen für Leute, die hier für die Kurverwaltung arbeiten. Straße und Hausnummer weiß ich aber nicht.«

»Das finden wir, kein Problem.« Markus und Helga versuchten alles über den Toten zu erfahren und Karin beantwortete die Fragen nach bestem Wissen und Gewissen.

Markus, der den Beginn des Gespräches nicht mitbekommen hatte, fragte:

»Wieso Personalwohnung? Welche Tätigkeit übte der Rolf hier den aus?«

»Das sagte ich vorhin schon ihrem Kollegen, er arbeitet in den Sommermonaten als Rettungsschwimmer am Strand von Loog.«

»Wann haben sie beide sich zuletzt gesehen?«

»Am Samstag, das war der Vierte, da hatten wir einen schlimmen Krach miteinander und ich habe ihn rausgeschmissen.«

Karin musste wieder schluchzen. Helga gab ihr ein Papiertaschentuch, damit sie ihre Tränen abputzen konnte.

»Warum hatten sie Krach? Was war passiert?«, Markus war plötzlich wacher als wach.

»Er ist fremdgegangen, mit so einer wasserstoffsuperblondierten Nutte. Ich habe die beiden beim Knutschen am Strand erwischt und er hat später zugegeben, dass er mit der auch gevögelt hat.«

»Und trotzdem sind sie jetzt so mitgenommen, weil er tot ist?«, wollte Helga wissen.

»Rolf und ich haben uns geliebt. Es war die große Liebe. Das habe ich zu mindestens geglaubt. Wir waren schon ziemlich lange zusammen, haben und im letzten Jahr hier auf Juist in der Saison kennengelernt. Wir hatten eine sehr schöne Zeit miteinander. Darum hat es mich auch so verletzt, als ich merkte, dass er mich mit dem Weib beschissen hat.«

Und nach einer Pause fügte sie hinzu: »Ich liebe ihn doch immer noch. Und jetzt, was soll ich bloß machen. Er ist tot. Das hat er nicht verdient.«

»Wissen sie, wo Rolf in den letzten Tagen war? Hatten sie sich nicht mit ihm verabredet?«

»Wir haben uns eigentlich nie verabredet, zumal ich in der Gastronomie arbeite, da weiß man nie genau, wann Feierabend ist. Dass er am Samstag nicht auftauchte, war ja klar, wir hatten morgens den Zoff am Strand. Dann kam er kurz danach noch mal zu mir in meine Wohnung im Dorf, wir haben uns wieder gestritten und ich habe ihm gesagt, dass ich ihn nicht wiedersehen wollte.«

»Und wie ging es weiter?«

»Am Sonntag habe ich auch nichts von ihm gehört, ich hoffte, dass er sich noch mal meldet. Ich hatte zwar seine Klamotten, die in meiner Wohnung waren, gepackt. Wäre er noch mal zu mir gekommen, ich glaube, wir hätten uns wieder versöhnt. Montag habe ich ihn dann gesucht, ich bin auch zu dem Haus gefahren, wo er wohnt und habe mit der Frau Husmann gesprochen, das ist die Vermieterin in der Pension. Als die auch nichts wusste, da bekam ich langsam Angst. Darum bin ich heute hergekommen.«

Ihre Stimme versagte nach der langen Erklärung fast völlig.

»Wollen wir nicht doch einen Arzt holen?«, fragte Markus.

»Nein, danke, alles gut. Es geht gleich wieder.«

Helga wollte am Ball bleiben und bohrte nach: »Sie sagten, dass sie mit seiner Vermieterin sprachen. Was hat die ihnen denn erzählt?«

»Sie hatte Rolf auch am Freitagmorgen gesehen. Ach ja, und dann hat sie auch was von der blonden Tante erzählt, mit der Rolf rumgemacht hatte. Die war wohl auch am Samstag noch einmal da und hatte Streit mit Rolf.«

Helga hatte sich alles Wesentliche in ihrem Notizbuch festgehalten.

»Haben sie nicht versucht, ihn auf seinem Handy anzurufen?«, wollte Markus wissen.

»Doch, habe ich, sehr oft sogar, habe sogar auf seine Mailbox gesprochen. Aber ich wusste, dass er sein Handy nicht immer mitnahm. Daher war das nicht so besonders.«

»Hatte Rolf hier auf Juist Probleme mit irgendwelchen Menschen? Gab es Ärger oder Streit, außer mit ihnen oder der blonden Frau? Wissen sie darüber etwas?«, fragte Markus dann.

Karin überlegte einen Augenblick und sagte dann leise: »Es tut mir sehr leid, ich kann nicht klar denken, mir fällt nichts ein.«

»Kein Problem, vielleicht später. Wir wollen jetzt sein Zimmer in der Pension untersuchen. Es könnte sein, dass wir ihnen dann noch die eine oder andere Frage stellen müssen. Trauen sie sich zu, mit uns zu kommen, nach Loog, in sein Zimmer?«

Markus wartete auf Karins Antwort.

»Bitte nicht«, sagte diese, »das ist im Augenblick alles zu viel für mich. Ich möchte nach Hause, ich möchte mich hinlegen, ich kann heute auch wahrscheinlich nicht arbeiten. Mal sehen.«

»Wir haben volles Verständnis für sie. Gehen sie ruhig erst einmal heim. Wir haben ja ihre Adresse und kommen dann bei ihnen noch mal vorbei, wenn es nötig sein sollte«, Helga wirkte beruhigend auf die verstört wirkende Karin ein.

»Sie haben gesagt, dass sie auch noch Fragen klären wollten. Was möchten sie denn von uns wissen?«

Markus schaute erwartungsvoll auf Karin Watzke.

»Wann ist Rolf denn gestorben?«

»Das muss am Samstagabend gewesen sein. Das hat die Rechtsmedizin festgestellt.«

»Und wie ist er ermordet worden?«

»Frau Watzke, ich bitte um ihr Verständnis, das wollen wir im Moment noch nicht bekannt machen. Erst wenn unsere Ermittlungen zum Erfolg geführt haben, werden wir ihnen die Frage beantworten.«

Die Worte von Markus lösten verständnisvolles Nicken bei Karin aus.

»Können sie schon etwas sagen, wann die Beerdigung sein könnte? Wissen die Eltern von Rolf schon Bescheid?«

Helga schaltete sich ein. »Die Eltern von Rolf werden wahrscheinlich morgen von der Polizei an deren Wohnort verständigt. Das wurde von uns veranlasst. Wann der Leichnam freigegeben wird, können wir noch nicht sagen, das hängt auch von unseren weiteren Ermittlungen ab.«

»Wenn ich noch weitere Fragen habe, darf ich mich noch einmal an sie wenden?«

»Liebe Frau Watzke, das ist doch selbstverständlich. Jederzeit können sie uns fragen.

Auch wir werden wahrscheinlich noch ein paar Mal auf sie zukommen.«

Als Karin die Polizeistation verlassen hatte, fragt Markus: »Glaubst du ihr? War das plausibel, was sie uns erzählt hat?«

»Aber ja, ich glaube nicht, dass sie uns etwas vorgemacht hat«, Helga war überzeugt, dass Karin die Wahrheit gesagt hatte.

»Ja, so sehe ich das auch«, bestätigt Markus, »komm, lass uns aufbrechen. Wir müssen in die Wohnung von Herrn Siemann.«

»Wie kommen wir jetzt nach Loog?« Da Markus sich noch nicht ausreichend auf der Insel auskannte, erklärte ihm Helga, dass es zwei Möglichkeiten gäbe. Entweder wir benutzen Fahrräder. Hier auf der Polizeistation haben wir welche. Oder wir fahren mit dem Quad.

»Seit einem Jahr hat die Polizei hier ein Elektro-Quad, damit können wir fahren. Das können wir nutzen, ich werde Hanke Hinrich fragen, der soll es uns herbringen.«

Gesagt, getan. Ein paar Minuten später stand Hanke Hinrich mit dem Quad vor der Tür und fragte Markus: »Haben sie so ein Ding schon mal gefahren?«

»Nein, aber das sollte nicht so schwer sein. Ich weiß nur nicht, wo Loog ist, aber ich nehme ja Helga mit, die kennt sich aus.«

Hanke wies Markus kurz auf ein paar Besonderheiten des Polizei-Quads hin, dann fuhren Markus und Helga los.

Juist wird durch seine roten Klinkerbauten geprägt. Es gibt nur wenige Ausnahmen. Eine war die Pension Schaumkrone. Das Gebäude war zweigeschossig und weiß verputzt. Der Putz war offensichtlich vor kurzer Zeit erneuert worden, denn die Farbe war leuchtend weiß. Das fiel auf.

In der Pension erreichten sie die Inhaberin Maike Husmann. Sie wiesen sich als Polizisten aus und erklärten, dass Rolf Siemann nicht mehr lebte.

Frau Husmann war entsetzt und fing an zu weinen.

»Was ist denn passiert, um Gottes willen?«

»Wir bitten um ihr Verständnis, aber wir können aus ermittlungstechnischen Gründen leider noch nichts sagen.«

»Hatte der arme Kerl einen Unfall?«

»Frau Husmann, bitte, sie werden alles erfahren, aber im Augenblick, können wir ihnen noch nichts dazu sagen.«

»Wir würden gerne das Zimmer von Herrn Siemann sehen. Bitte lassen sie uns dort hinein.«

Dem Zimmer, war anzumerken, dass hier ein Junggeselle lebte. In einer Ecke des Schrankes hatte Rolf er seine schmutzige Wäsche verstaut. Kleidungsstücke lagen auf dem Sofa und dem Stuhl. Das Bett wurde offensichtlich nicht gemacht.

»Wie ist das bei ihnen hier geregelt? Werden die Zimmer vom Reinigungspersonal geputzt? Wer macht die Betten?«, fragte Helga.

»Nein, unsere Mieter sind für die tägliche Reinigung und das Bettenmachen selbst verantwortlich.«

Im Schrank und den Schubladen fanden sie nichts Auffälliges. In der Schublade einer Kommode hatte Rolf seinen Ausweis, Führerschein, Bahn- und Fährticket deponiert. In einer Geldbörse fanden die beiden Ermittler 260 Euro, sowie eine Kredit- und eine Scheckkarte. Außerdem lag da noch ein Schlüsselbund. Im Nachtschränkchen lag Rolfs Handy, das an einem Ladekabel angeschlossen war.

»Vielleicht können wir hier im Handy etwas entdecken«, hoffte Helga.

Doch vergeblich, da sie die PIN nicht kannten, ließ sich das Smartphone nicht starten. Sie beschlossen, das Gerät mitzunehmen und Karin zu fragen, vielleicht wusste die mehr. Wenn von Karin keine Hilfe käme, würde man das Kriminallabor einschalten, die wären in der Lage, an die Daten des Handys heranzukommen. Sie verließen das Zimmer und versiegelten es. Sie wiesen die Inhaberin der Pension darauf hin, dass sie den Raum vorläufig nicht betreten dürfe.

Als sie aus dem Haus traten, stand Karin mit dem Fahrrad davor und sagte: »Ich habe es mir anders überlegt, ich bin gekommen, um ihnen eventuell zu helfen.«

»Das trifft sich gut«, sagte Markus und fragte die Pensionsinhaberin Husmann: »Können wir uns in ihren Aufenthaltsraum setzen?«

»Ja, hier im Speisezimmer, da geht es.«

Sie setzten sich an einen Esstisch.

»Wir haben direkt eine Frage, kennen sie die PIN von Rolfs Handy?«

Karin überlegte einen Augenblick.

»Wir haben vor ein paar Tagen darüber gesprochen. Ich bekam mit, wie er neulich sein Handy aktivierte. Da hatte er nur die Zahl 1234 eingegeben. Ich sagte ihm, dass diese PIN von ganz vielen Menschen genutzt würde und daher sehr unsicher ist. Er fragte mich, wie ich das bei meinem Handy mache und ich erklärte ihm, dass ich mein Geburtsdatum nehme. Daraufhin meinte Rolf, das wäre eine gute Idee.«

Helga nahm das Handy von Rolf und gab die PIN 1234 ein. Fehlanzeige, Rolf hatte offensichtlich eine andere PIN eingestellt.

»Wie war noch einmal das Geburtsdatum von Rolf?«, fragte Helga.

»Der 14. September, glaube ich«, meinte Karin.

Markus schaute im gefundenen Ausweis nach und korrigierte: »Am 16. September.«

Helga tippte die PIN 1609 ein. Die funktionierte allerdings auch nicht.

Markus hatte eine Idee, nahm das Handy, tippte eine Nummer ein und lachte: »Die geht.«

»Was hast du eingegeben?«, Helga staunte.

»Wenn jemand so einfältig ist und die PIN 1234 nimmt, wird er es bei einer Änderung nicht unbedingt komplizierter machen. Ich habe 4321 eingegeben, Bingo.«

Helga schnappte sich erneut das Handy und suchte. Plötzlich entdeckte sie im Kalender einen Eintrag.

»Hier!«, rief sie ganz aufgeregt: »Hier steht was. Am Samstag, 4.7. hatte er abends eine Verabredung. Hier steht 22:00 Uhr, Domäne Loog!«

»Die erste heiße Spur. Klasse«, Markus freute sich.

Karin runzelte die Stirn und grübelte: »Domäne Loog? Was wollte er da? Hat er da wieder diese blonde Kuh getroffen, wieder ein Date mit der?«

Sie schaute verzweifelt zu Helga. Doch diese schüttelte den Kopf: »Das glaube ich nicht, ein Rendezvous, wird sich ihr Freund sicher nicht im Handy notiert haben. Ich bin davon überzeugt, da steckt etwas anderes dahinter, aber das müssen wir erst noch herausfinden.«

»Domäne Loog, was ist das?« Da Markus sich noch nicht auskannte, musste Helga ihm alles erklären.

»Eine Domäne ist ein Gutshof, also ein landwirtschaftliches Anwesen. Meistens ist das auch ein Restaurant. Die Domäne Loog ist hier auf Juist ein beliebtes Ausflugslokal. Man kann dort gut und relativ preiswert essen. Es gibt übrigens noch eine Domäne, und zwar die Domäne Bill, die berühmt ist für ihren Rosinenstuten. Dort sollten wir unbedingt mal hin, wir beiden.«

»Domäne Bill? Wieso Bill? Klingt nach Wildem Westen.«

Helga muss lachen. »Ich habe mal gehört, der Name Bill bedeutet hier so viel wie Gesäß oder Hintern. Die Domäne Bill ganz im Westen der Insel ist also der Hintern von Juist.«

»Zurück zu unserem Fall«, Markus hatte Angst, den Faden zu verlieren, »der Rolf wollte sich also mit jemandem in dem Restaurant Domäne Loog treffen. Haben die dort um 22 Uhr noch geöffnet? Wenn ja, gab es eventuell eine Tischreservierung?«

»Moment«, Helga griff zu Ihrem Smartphone und telefonierte.

Danach kam ihre Antwort. »Ich habe mit der Domäne Loog telefoniert. Um 22 Uhr haben die normalerweise schon geschlossen. Und für den Samstag, 4.7. lagen für abends auch keine Reservierungen vor. Also muss sich Rolf mit seiner Verabredung außerhalb der Domäne getroffen haben. Wir sollten uns das dort mal näher ansehen. Was meinst du?«

Markus stimmte zu. Beide bedankten sich für die Hilfe, verabschiedeten sich von Karin und stiegen in das Quad.

Dienstag, 7. Juli, kurz vor Mittag

zur Domäne Loog war es von Rolfs Wohnung nur einen Katzensprung entfernt. Sie kurvten mit dem Quad um ein paar Ecken und erreichten dann ihr Ziel. Die Domäne Loog ist ein beliebtes Ausflugslokal auf der Nordseeinsel Juist. Sie parkten ihr Fahrzeug einfach auf dem gepflasterten Weg, neben dem Eingang ins Restaurant.

»Wonach suchen wir hier eigentlich?«, grübelte Helga.

»Lassen wir uns überraschen. Wir suchen nach Eindrücken, Besonderheiten. Ich weiß auch nicht, wonach wir suchen und was wir finden. Die Straße hier verläuft in Nord-Süd-Richtung. Da vorne, kurz vor den Wiesen, gibt es eine breitere Straße, die in Ost-West-Richtung verläuft, schau, da fahren eine Pferdekutsche und ein paar Radfahrer. Ich schlage vor, du gehst auf der Straße hier nach Norden, bis du die Dünen dahinten erreichst und kehrst dann wieder um. Sammle Eindrücke, sauge alles in dir auf. Ich gehe in Richtung Süden bis zum Watt. In ungefähr 30 Minuten treffen wir uns wieder hier. Wir können ja auch unsere Handys nutzen, wenn wir uns verständigen wollen. OK?«

Helga erklärte sich mit dem Vorschlag einverstanden und beide marschierten los.

Vor dem Eingang der Domäne trafen sie sich nach ca. 30 Minuten wieder.

»Wollen wir etwas essen?«

Helga nickte und schlug vor, hineinzugehen. Sie fanden einen Tisch, mit herrlichem Blick auf das Wattenmeer. Das Restaurant wirkte etwas altbacken, aber sehr gemütlich. Helga gefiel die Musik, die zu hören war, denn sie liebte Oldies.

»Bin gespannt, ob die hier auch AC/DC spielen.« Sie konnte nicht anders, sie musste ihren Kollegen irgendwie ärgern.

»Wenn wir solange hierbleiben, bis die einen AC/DC-Song spielen, dann ist unser Mörder wahrscheinlich an Altersschwäche gestorben.«

Helga musste lachen und ergänzte: »Und wir aber auch.«

Sie schauten in die Speisekarte und Helga sagte: »Oh, die haben Sanddorn-Käsekuchen hier, das würde ich eigentlich sehr gerne probieren, aber ich möchte jetzt doch lieber etwas Warmes essen.«

Schließlich entschied Helga sich für das Tagesangebot Backfisch mit Kartoffelsalat.

Markus bestellte sich Labskaus und erklärte seiner Kollegin: »Labskaus habe ich noch nie gegessen. Ich wollte es immer schon mal probieren, jetzt ist die Gelegenheit.«

Bevor die bestellten Speisen kamen, fragte Helga: »Hast du etwas entdeckt bei deiner Beobachtungstour?«

»Mein Vorschlag ist, darüber reden wir nach dem Essen. Ich bin immer dafür, während der Mahlzeiten zu entspannen. Lass uns ruhig einen Augenblick die Atmosphäre hier genießen. Ich versuche immer, wenn es geht, auch mal abzuschalten. Wir haben danach Zeit und können uns austauschen. Einverstanden?«

»Das ist eine tolle Einstellung von dir. Ich bin sehr einverstanden.«

Sie genossen die Speisen, die kurze Zeit später serviert wurden, die Atmosphäre und die Sicht über die Salzwiesen bis zum Watt.

»Wie war dein Labskaus? Hat es dir geschmeckt?«

»Ich fand es schon sehr gut, allein wie es serviert wurde. Rote Bete, eine Gewürzgurke, ein Matjes und dann die Masse aus Kartoffeln und gepökeltem Fleisch, mit einem Spiegelei darauf. Und es hat mir köstlich geschmeckt.«

Nach dem Essen tauschten sie erste Eindrücke aus. Helga erzählte, dass sich hinter dem Restaurant ein landwirtschaftlicher Betrieb befindet und weiter oben ein Weg Richtung Hammersee abzweigt.

Markus erzählte, dass er sich mit dem Thema Salzwiesen über sein Smartphone im Internet informiert hatte.

»Durch den Tidenhub werden Sedimente auf den Boden gebracht und im Laufe der Jahrhunderte entsteht dort Schlick und entsprechendem Gras, das sich dort entwickelt hat. Unter anderem gibt es dort Salzwiesen-Rot-Schwingel. Den Namen hatte ich vorher noch nie gehört. Das ist ein sogenanntes Süßgras.

Das kannte ich vorher auch nicht, das habe ich vorhin alles gelesen.«

»Wow!« Helga war beeindruckt.

»In den Salzwiesen verlaufen Wassergräben ins Watt, die aber jetzt offensichtlich nur wenig Wasser führen, da Ebbe herrscht. Zwei oder drei Wassergräben haben allerdings auch jetzt relativ viel Wasser.«

Markus dachte einen Augenblick nach und fuhr dann fort.

»Es gab doch die Vermutung, dass die Leiche westlich des Fundortes am Hafen von Juist ins Wasser geworfen wurde. Könnte das nicht hier gewesen sein?«, grübelte er.

»Wenn Rolf hier zur Domäne Loog kam, seinen Mörder traf und dann von dem erschossen wurde, vermute ich, dass der dann die Leiche zu den Salzwiesen geschleppt oder gezogen und dann über den Wassergraben ins Watt geworfen hat. Was hältst du von meiner Theorie?«, wollte Helga wissen.

»So muss es gewesen sein, ich rufe in Aurich an. Die sollen ein paar Leute von der SpuSi schicken«, wurde Markus aktiv.

Als sie die Domäne verlassen wollten, um mit dem Quad zurück ins Dorf zu fahren, stellte sich ihnen eine Radfahrerin in den Weg. Es war wieder Karin Watzke.

»Ich habe etwas entdeckt, kommen sie mit«, rief sie ganz aufgeregt.

Die beiden folgten mit ihrem Fahrzeug der Frau auf dem Rad, die in Richtung Dünen fuhr. Nach kurzer Fahrt erreichten sie den Weg, der zum Hammersee führte.

Karin stoppte an einem Fahrradabstellplatz. Markus und Helga stiegen aus.

»Da drüben das Fahrrad mit der gelben Farbe, das gehört Rolf!«, rief sie.

»Sind sie ganz sicher?«, wollte Markus wissen.

»Ja, das bin ich. Ich kann es ihnen beweisen. Ich kenne die Zahlenkombination von der Kette, mit der das Rad dort angeschlossen wurde.«

»Woher kennen sie die Nummer?«, fragte Helga.

»Ich habe mir das Fahrrad hin und wieder von ihm geliehen, da hat er mir die Nummer gesagt.«

»Dann machen sie es bitte mal auf. Ich bin gespannt«, erwiderte Helga.

»Es ist eine vierstellige Nummer, und zwar...«

Markus unterbrach die junge Frau: »1234!«, sagte er.

Karin bestätigte das und öffnete das Schloss. Über den Gag von Markus konnte sie allerdings nicht lachen, sie war immer noch entsetzt über die Entdeckung des Fahrrads.

»Ist Rolf hier ermordet worden?«, wollte sie wissen.

»Vermutlich hier oder zumindest in der Nähe. Wir müssen erst die Umgebung nach Spuren absuchen lassen.«

Helga nahm die junge Frau in ihren Arm, da diese wieder hemmungslos weinte.

»Weinen sie ruhig, lassen sie es raus. Das ist richtig so. Das wird ihnen guttun.«

»Rolf, oh Rolf, das hast du wirklich nicht verdient.«

Es war ihr anzumerken, dass der plötzliche Verlust ihres Freundes bei ihr Schmerzen auslöste, psychisch und physisch.

Inzwischen hatte Markus das Fahrrad wieder abgeschlossen. Er wollte es stehen lassen, um der Spurensicherung Gelegenheit zu geben, noch einmal ein Auge darauf zu werfen.

Die beiden Polizisten bedankten sich bei Karin und bevor sie sich verabschiedeten sagte Helga zu ihr: »Bitte fahren sie jetzt wieder heim. Suchen sie hier bitte nicht eigenständig nach Spuren. Sollten wir noch etwas finden, werden wir sie verständigen.«

Helga saß bei der Rückfahrt am Steuer des Quads. Sie genoss die Fahrt bei dem schönen Wetter und fuhr nur mit mäßiger Geschwindigkeit.

»Ist dir aufgefallen, wie idiotisch hier einige Radfahrer unterwegs sind? Die rasen zum Teil mit irrer Geschwindigkeit durch die Gegend. Ich dachte immer, dass das Touristen sind, die sich hier erholen wollen.«

»Das sind die E-Bike oder Pedelec Fahrer. Da werden selbst 70-jährige zu Rennfahrern. Ich finde das auch sehr gefährlich. Mir ist das hauptsächlich im Dorf aufgefallen. Da musst du als Fußgängern sehr gut aufpassen, denn leider gibt es da sehr viel Rücksichtslose.«

Markus hatte noch nicht ausgesprochen, als ihr Quad von einem Pedelec-Fahrer mit lautem Klingeln überholt wurde. Der musste dann sehr schnell vor ihnen wieder einscheren, weil ihnen von vorn ein Pferdefuhrwerk entgegenkam.

»Idiot!« Helga konnte nur den Kopf schütteln.

Sie hatten inzwischen die Wilhelmstraße erreicht und Markus wollte telefonieren. Er rief sie Dienststelle in Aurich an und organisierte den Einsatz der Spurensicherung. Als sie die Polizeistation erreichten, hatte er das Telefonat noch nicht beendet.

Helga ging schon einmal hinein und machte sich eine Tasse Tee, als Markus hereinkam. Er erklärte Helga, dass die SpuSi morgen früh mit dem Helikopter eintreffen werde.

»Du wirst morgen hier ohne mich auskommen müssen, ich fliege mit dem Heli zurück. Ich brauche noch ein paar Klamotten für mich, ich gehe nämlich davon aus, dass wir noch 3 oder 4 Tage hier zu tun haben. Am späten Nachmittag komme ich zurück, wenn der Heli die Gruppe von der Spurensicherung wieder abholt.«

Und nach einer kurzen Pause fragte er: »Wie machst du das eigentlich mit deiner Wäsche, hast du genug dabei?«

Helga antwortete spöttisch: »Willst du mir jetzt an die Wäsche gehen? Nein, Wäsche habe ich ausreichend dabei, Hosen oder T-Shirts kann ich mir zur Not bei Neele Steinmetz leihen, das ist meine Freundin, die hat nämlich meine Größe.«

Hanke Hinrich fragte, ob noch jemand eine Tasse Tee trinken möchte. Nach kurzer Zeit kam er dann ins Zimmer und brachte auch Markus eine Tasse mit.

Dann besprachen sie mit Hanke die aktuelle Lage und überlegten, wie sie mehr über den Täter, oder die Täterin in Erfahrung bringen könnten.

»Wir müssen unbedingt den Namen der Superblonden ermitteln, mit der der Rolf offensichtlich ein Gspusi hatte. Wenn wir wissen, wer das ist, werden wir sie vernehmen. Vielleicht war an dem Streit, den sie mit dem Toten hatte, doch noch mehr dran. Außerdem benötigen wir noch die Namen von Rolfs Kollegen, die mit ihm als Rettungsschwimmer aktiv waren. Vielleicht haben die noch wichtige Informationen für uns.«

Markus schaute in die Runde und Hanke versprach am nächsten Tag zu versuchen, die benötigten Daten zu ermitteln.

Dann sagte Markus: »Da ansonsten keine neuen Fakten vorliegen, müssen wir das Untersuchungsergebnis der SpuSi abwarten. Wir können Feierabend machen für heute. Wollen wir drei heute gemeinsam zum Abendessen gehen?«

»Tut mir leid, ich kann heute Abend nicht. Meine Frau und ich bekommen Besuch«, entschuldigte sich Hanke bei den beiden.

Helga hatte eine Idee und fragte: »Hier, direkt um die Ecke ist die Auster, da kann man sehr gut essen. Soll ich versuchen, dort einen Tisch zu bekommen?«

Markus stimmte zu und sie verabreden sich für 19 Uhr in der Juister Auster.

Mittwoch, 8. Juli, vormittags

Am nächsten Morgen traf der Hubschrauber mit drei Mitarbeitern der Spurensicherung ein. Über die Feuerwehr hatte Helga den Mannschaftstransportwagen organisiert, der die SpuSi-Gruppe zur Domäne Loog fahren sollte.

Markus flog, wie geplant, mit dem Hubschrauber nach Aurich und wollte abends wieder zurück sein.

Helga wartete gespannt auf die Ergebnisse der SpuSi und saß mit Hanke auf der Polizeistation und sie redeten über die aktuelle Faktenlage.

Hanke hatte, wie versprochen, mit der Kurverwaltung versucht, den Namen und die Adresse der blonden Frau zu ermitteln. Ein Ergebnis lag allerdings noch nicht vor.

Plötzlich öffnete sich die Tür der Polizeistation und Karin Watzke kam herein.

»Mir ist da noch etwas eingefallen. Ich weiß nicht, ob da ein Zusammenhang besteht, aber das war schon etwas Ungewöhnliches, was da passiert ist.«

»Nehmen sie bitte Platz und erzählen sie«, forderte Helga die junge Frau auf, holte sich Papier und einen Kugelschreiber, um sich Notizen zu machen.

»Rolf und ich waren am letzten Mittwoch, also heute, vor einer Woche im Krullerkopp. Das ist eine Kneipe, oben in der Nähe vom Strandhotel Kurhaus. Wir saßen an der Theke.

Da war noch ein Pärchen, auch an der Theke. Ich weiß nicht, ob die zusammengekommen sind oder sich erst in der Kneipe kennengelernt haben. Rolf hatte dann gesehen, wie der Mann der Frau etwas in deren Cocktail getan hat. Er hat es mir zugeflüstert. Ich habe das zunächst nicht geglaubt, doch kurz danach wurde der Frau offensichtlich schlecht. Der Mann hat dann mit der Frau die Kneipe verlassen und sie dabei stützen müssen. Die konnte nicht mehr allein laufen.«

Sie stockte einen Augenblick, weil die Erinnerung ihr zu schaffen machte.

»Wir wollten den beiden dann folgen, doch bis wir bezahlt hatten und rauskamen, waren die weg. Wir sind noch in Richtung Ortsmitte, zum Kurplatz gelaufen, wo immer die Kurkonzerte sind, konnten aber die beiden nicht mehr finden.«

Hanke sprang während der Erzählung aufgeregt von seinem Stuhl auf und holte eine Akte aus dem Schrank.

»Was ist los?«, wollte Helga von ihm wissen.

»Hier schau mal, hier diese Frau hat am letzten Freitag Anzeige wegen einer Vergewaltigung gestellt. Das muss es sein.«

»Bitte beschreiben sie den Mann mit den KO-Tropfen«, forderte Hanke die Zeugin auf.

Karin überlegte: »Der war etwas größer als Rolf, also vielleicht eins achtzig. Blond, er trug eine helle Sommerhose und ein dunkelblaues

Hemd. Es kann auch ein T-Shirt gewesen sein«, versuchte sie sich zu erinnern.

»Wir werden noch ein Protokoll zu ihrer Aussage erstellen. Sie müssen das dann später noch unterschreiben. Herzlichen Dank Frau Watzke, sie haben uns sehr geholfen.«

Helga brachte Karin bis zur Tür und öffnete dann die Akte und ließ sich von Hanke den Sachverhalt erklären.

»Da steht ja auch drin, dass Karin das Vergewaltigungsopfer später in dem Restaurant wiedererkannt hat, in dem sie arbeitet. Davon hat sie jetzt gar nichts erzählt, komisch.«

Helga hatte kaum ausgesprochen, als sich die Tür erneut öffnete und Karin wieder erschien.

»Mir ist noch etwas eingefallen. Sie hatten mich neulich gefragt, was der Rolf hier noch unternommen hat. Er hatte mir erzählt, dass er am Freitag an einer Wattführung hier auf Juist teilnehmen wollte. Er hatte sich dort angemeldet, weil er so etwas schon länger vorhatte, aber bisher noch nicht dazu kam.«

»Nennt sich das eigentlich Wattwanderung oder heißt das Wattführung? Ich weiß das auch nicht genau. War das mit Heino, dem Wattführer hier auf der Insel?«, wollte Helga wissen.

»Kann sein, aber mit wem er das machen wollte, hat er mir nicht erzählt. Außer von Heino werden hier auch vom Nationalpark-Haus auf Juist Wattführungen angeboten. Wo er am Freitag war, weiß ich, wie gesagt, nicht.«

»Das werden wir herausbekommen.«

Helga wirkte zufrieden, da sich immer mehr Mosaiksteinchen zu einem Gesamtbild zusammenfügten.

»Sie haben uns auch nicht erzählt, dass sie die Frau, die da vergewaltigt wurde, im Restaurant, in dem sie arbeiten, wiedererkannt und mit ihr gesprochen haben.«

»Ja, stimmt. Entschuldigung, aber das war keine böse Absicht. Ich bin immer noch sehr durcheinander von dem, was da alles passiert ist, dass Rolf tot ist«, kommt es kleinlaut aus ihr heraus.

»Ihnen fallen ganz wichtige Aspekte immer in Etappen ein, wollen sie nicht direkt bei uns hier einziehen, dann bekommen wir vielleicht noch mehr Informationen, aber an einem Stück«, meinte Helga im Scherz.

»Wollen sie mir das jetzt vorwerfen?«, fragte Karin pikiert.

»Nein«, Helga wollte ihre Aussage korrigieren, »sorry, es sollte ein Scherz sein. Ich kann mich gut in ihre Lage versetzen. Natürlich können Sie jederzeit zu uns kommen, wenn ihnen nachträglich noch etwas einfällt.«

Nachdem Karin wieder gegangen war, wandte Helga sich an Hanke: »Hat diese Vergewaltigung etwas mit dem Tod von Rolf zu tun? Welchen Zusammenhang gibt es zur Wattwanderung?«

Hanke zuckte mit den Schultern: »Das weiß ich leider auch nicht, oder besser noch nicht. Vielleicht helfen uns die Ergebnisse der SpuSi weiter.«

Helga schaute Hanke an und sagte: »Bitte gib mir noch einmal die Akte mit der Vergewaltigung.«

Sie studierte die Details und las sich alles gründlich durch.

»Kennst du dieses Lokal? Den Krullerkopp?«

»Ich weiß, wo das ist. Ich war aber noch nie da drinnen. Soweit ich weiß, ist der Name Krullerkopp der Spitzname von dem Wirt. Der hat nämlich eine Glatze und Krullerkopp, das bedeutet eigentlich Lockenkopf. So hat man einen Glatzkopf schon mal veralbert.«

»Gibt es irgendetwas, was du über die Kneipe weißt? Irgendwelche Auffälligkeiten? Ist der Krullerkopp schon mal im Zusammenhang mit Sexualdelikten aufgefallen?«

Hanke schüttelte den Kopf. »Davon weiß ich nichts, aber wir fragen den Haferland, wenn der wieder im Land ist, der kennt sich da unter Umständen besser aus.«

»Weißt du was? Wir marschieren mal dorthin, ist ja nicht allzu weit. Los komm.«

Hanke war von Helgas Vorschlag begeistert und beide machten sich auf den Weg.

Als sie das Lokal erreichten, schaute sich Helga um und stellte dann fest:

»Als ich vor drei Jahren mal hier in der Saison stationiert war, gabs den Krullerkopp noch nicht. Weißt du, was der Inhaber, der Jan Everts gemacht hat, bevor er die Kneipe hier aufgemacht hat?«

»Weiß ich nicht, aber wir können ihn ja danach fragen, wenn wir hereingehen.«

»Das machen wir.«

Beide gingen in das Lokal hinein, in dem sich zu diesem Zeitpunkt noch keine Gäste aufhielten. Im Hintergrund hörten sie Geräusche aus einem anderen Raum.

Vermutlich der Wirt, dachte Helga. Sie setzten sich an die Theke, die ihnen aus dem Aussageprotokoll der Vergewaltigung bereits bekannt war. Hinter der geöffneten Tür zum Nachbarraum tauchte Jan Everts auf und ging hinter seinen Arbeitsplatz, die Theke.

»Ah, die ersten Gäste. Moin. Tut mir sehr leid, aber ich habe noch nicht geöffnet. Erst heute Nachmittag um fünfzehn Uhr. Ich bin nur dabei, etwas vorzubereiten.«

»Moin, sind sie Herr Everts?«

»Ja, das bin ich.«

»Wir sind keine Gäste, wir sind von der Polizei, mein Name ist Weilburger. Das hier ist mein Kollege, Hinrich.«

»Ja, den kenne ich, zumindest vom Schen.«

Helga wies sich aus und sagte.

»Wir hätten sie gerne gesprochen, ich hoffe, sie haben ein paar Minuten Zeit für uns.«

»Na klar ist das möglich, ich habe Zeit. Worum geht es denn?«

Helga zog das Bild des toten Rolf Siemann hervor, zeigte es dem Krullerkopp und fragte: »Kennen sie diesen Mann?«

Der Krullerkopp sah das Bild und zuckte zusammen. Sein Gesicht wurde aschfahl und er sprach sehr nervös:

»Wer ist das? Woher soll ich den kennen? Was ist mit dem?«

»Ich wollte wissen, ob sie sich an den Mann erinnern?«

»Der Mann auf dem Foto ist doch tot. Das sieht man doch. Wieso soll ich mich an den erinnern? Ich habe den doch nicht umgebracht.«

»Ich möchte von ihnen wissen, ob der Mann schon einmal hier bei ihnen im Krullerkopp war?«

»Ich weiß nicht, ich glaube eher nicht.«

»Dann lassen sie mich noch einmal neu anfangen. Heute, genau vor einer Woche, ist bei ihnen im Lokal ein Verbrechen passiert.«

»Was?«, der Krullerkopp war sehr erregt, »was ist hier passiert? Bei mir?«

»Bitte beruhigen sie sich doch und hören sie erst einmal zu, was ich ihnen sagen möchte. Nicht sie haben ein Verbrechen begangen, sondern einer ihrer Gäste.«

Der Krullerkopp hatte sich offensichtlich wieder etwas gefangen und starrte Helga schweigend an.

»Herr Everts, vor einer Woche saßen hier bei ihnen an der Theke, ein Mann und eine Frau. Ich vermute, da am Ende der Theke.«

Helga zeigte in die Richtung.

»Wir wissen, dass die beiden sich hier bei ihnen zufällig trafen. Die haben dort gesessen, haben etwas getrunken und irgendwann hat der Mann der Frau KO-Tropfen in ihr Getränk getan und als die Tropfen Wirkung zeigten, ist er mit ihr raus und hat sie draußen in den Dünen vergewaltigt.«

»Was? Bei mir hier im Lokal?« Der Krullerkopp war entsetzt.

»Ja, und dort, an der anderen Ecke der Theke, saß ein anderes Pärchen. Und diese beiden haben das mit den KO-Tropfen beobachtet. Das Foto, das ich ihnen zeigte, das war der Mann, der dort saß.«

»Und was wollen sie jetzt von mir?«

»Wir möchten wissen, ob sie den Vorfall beobachtet haben und ob sie einen der Männer oder eine der Frauen kannten.«

»Nein, ich kenne keinen der Beteiligten, aber ich erinnere mich an die Situation. Ich habe nichts gesehen von den KO-Tropfen, für mich war das alles in Ordnung. Tut mir leid. Aber, was ist mit dem Bild, das sie mir gezeigt haben? Der Mann auf dem Bild ist doch tot. Oder?«

»Ja, das ist richtig, der Mann wurde im Watt tot gefunden. Er wurde ermordet.«

»Und? Haben sie da schon jemanden verhaftet oder im Verdacht?«

»Mehr möchte ich ihnen nicht dazu sagen. Aber wenn ihnen noch etwas einfällt, hier ist meine Nummer, bitte rufen sie mich an.«

Helga überreichte ihre Visitenkarte, und bat dann: »Ich hätte gern ihren Ausweis noch gesehen.«

»Gern, ich hole ihn.«

Everts verschwand für kurze Zeit und kam dann mit seinem Ausweis zurück. Helga notierte sich ein paar Daten und dann verabschiedeten sich beide Polizisten vom Wirt.

Als sie ein kurzes Stück gelaufen sind, sagte Hanke:

»Der Typ war irgendwie komisch. Ist dir das auch aufgefallen?«

»Nun ja, wenn jemand erfährt, dass in seinem Lokal ein Verbrechen begann, dann kann ich das schon verstehen.«

Mittwoch, 8. Juli, nachmittags

Am späten Nachmittag kamen dann die Mitarbeiter der Spurensicherung von ihrer Arbeit bei der Domäne Loog wieder zurück. Da der Helikopter aus Aurich auch mit Markus wieder eingetroffen war, trafen sich alle in der Polizeistation.

Ein Ermittler der SpuSi stellte allen die gewonnenen Erkenntnisse vor.

»Am Straßenrand bei den Salzwiesen haben wir eine wichtige Entdeckung gemacht. Mit einem Metalldetektor konnten wir die Hülse eine Patrone finden. Bei der Patrone handelt es sich um das Kaliber 9. Die Bezeichnung ist 9x19. Diese Patrone wurde wahrscheinlich mit einer Heckler & Koch P8 abgefeuert. Diese Waffe wird in der Hauptsache von der Bundeswehr benutzt. Wir werden im Labor weitere Untersuchungen anstellen, die hoffentlich weitere Erkenntnisse liefern. Außerdem konnten wir in den Salzwiesen Schleifspuren entdecken. Irgendetwas wurde dort durch die Wiese gezerrt. Das lässt sich eindeutig an den abgeknickten Halmen erkennen. Die Spuren wurden zwar durch das Regenwetter zum Teil zerstört, sind aber letztlich eindeutig. Am untersuchten Fahrrad war nichts weiter auffällig, keine Spuren.«

Markus und Helga geben der SpuSi die Jeanshose und das zerrissene T-Shirt von Helga mit, damit die Kleidung auf weitere Spuren untersucht werden konnte. Sie bedankten sich bei der Spurensicherung, die sich daraufhin verabschiedete und mit dem Heli zurückflog.

Markus ließ sich über weitere Erkenntnisse der Ermittlungen informieren und erfuhr von der Vergewaltigung und von Rolfs Teilnahme an der Wattführung.

»Was ist mit dieser wasserstoffblondierten Frau? Habt ihr erfahren, wer das ist?«

Hanke erklärte, dass die Anfrage bei der Kurverwaltung negativ verlaufen war. Da kein Name der Frau bekannt war, konnte auch niemand ermittelt werden. Die blonden Haare der Frau würden ja ohnehin nicht bei der Kurverwaltung gespeichert werden.

»Aber ich habe zwei Namen. Ole Biermann und Stefan Kieler sind Kollegen von Rolf, die auch mit ihm am Strand von Loog als Rettungsschwimmer gearbeitet haben, beziehungsweise auch jetzt noch dort arbeiten.«

»Das ist gut, die beiden Rettungsschwimmer sollten wir umgehend befragen. Und die Frau, mit ihren Haaren«, er überlegte kurz, »also wasserstoffblond, das ist doch ein Merkmal, das nicht so häufig vorkommt. Wir sollten uns beeilen, die Frau zu ermitteln, bevor sie wieder von Juist abreist. Hoffentlich ist das nicht schon passiert.«

Dann fügte er noch hinzu: »Was wir als Nächstes klären sollten, ist das mit der Wattführung.«

Helga versuchte daraufhin das Nationalpark-Haus telefonisch zu erreichen und erkundigte sich, ob am Freitag, 3. Juli eine Wattführung stattfand. Als das bestätigt wurde, vereinbart sie einen Gesprächstermin mit dem Wattführer für den nächsten Tag.

Donnerstag, 9. Juli, morgens 9 Uhr

Auf der Polizeistation klingelte das Telefon. Hanke nahm den Hörer ab und meldete sich. Es war die Kurverwaltung.

»Moin, hier ist Erika. Hanke, du hattest neulich angerufen und nach einem Namen gefragt. Maller oder so ähnlich. Du hast mir den Vornamen Burkhard genannt. Burkhard Maller, der sollte ein Lehrer sein. Aber den konnte ich nicht finden. Den gibt es auch nicht. Das ließ mir aber keine Ruhe. Ich habe weitergesucht nach einem Lehrer. Wir haben, wie gesagt, drei Schulklassen hier auf Juist. Nur bei einer Schulklasse ist ein Lehrer dabei. Die anderen sind nur mit Betreuern hier, aber ohne Lehrer. Der Lehrer, den ich fand, der heißt Lukas Sewing. Der ist Lehrer und mit einer Schulklasse hier. Aber die Schulklasse ist nicht aus Brühl in NRW, sondern aus Kassel, in Hessen. Vielleicht ist da nur etwas verwechselt worden.«

»Das war aber ein langer Vortrag«, Hanke schmunzelte, als Erika das Telefonat beendet hatte, »und das von einer Ostfriesin. Normalerweise reden die nicht so viel. Aber vielleicht hilft es uns ja weiter.«

Hanke gab die Informationen sofort an Markus und Helga weiter. Helga griff zum Handy und versucht, Heike zu erreichen. Die meldete sich auch sofort.

»Hier ist die Polizeistation auf Juist. Wo sind sie gerade?«

»Meine Freundin aus Peine ist gekommen, ich habe sie gerade am Hafen abgeholt.«

»Dann kommen sie doch bitte zur Polizeistation, wir haben noch ein paar Fragen an sie. Geht das?«

Heike sprach kurz mit ihrer Freundin und stimmte dann zu.

Wenige Augenblicke später betraten die beiden Frauen die Polizeistation.

»Wir haben uns ja noch nicht kennengelernt, ich bin Helga Weilburger von der Kripo aus Aurich, das ist mein Kollege Markus Niemand. Herrn Hinrich kennen sie ja bereits.«

»Heike Wolfram ist mein Name, und das hier ist meine Freundin Elke Mormann. Mit der hatte ich am Tag nach der Vergewaltigung telefoniert. Sie ist so schnell wie es ging zu mir gekommen, um mir beizustehen.«

»So sind Freundinnen, das finde ich Klasse.«

Helga freute sich offensichtlich und öffnete dann die vorhandene Akte.

»Bitte nehmen sie doch Platz.«

»Hier steht, dass sie den Namen des Täters mit Burkhard Maller angegeben haben«, Helga blickte fragend auf Heike und wartet:

»Burkhard Maller, mmh, Burkhard, ja, das ist richtig, Maller, da bin ich eher unsicher.«

»Kann es sein, dass der Nachname so ähnlich klingt?«

»Ich weiß nicht...«, sagt Heike.«

»Ich nenne ihnen jetzt mal ein paar Namen: Haller, Laller, Faller, Waller, Taller.«

Bevor Helga weiterreden konnte, rief Heike: »Moment, wie war das eben?«

»Taller?«, fragte Helga.

»Nein, davor der Name.

»Waller?«

»Ja, genau, ich bin ziemlich sicher. Waller, so hat er sich genannt. Burkhard Waller.«

Markus war ganz begeistert von der Art, mit der Helga den Namen des Täters herausfand.

»Jetzt zur Schule, die er ihnen genannt hat. Können sie sich noch daran erinnern?«

»Ja«, bestätigte Heike, »er hat etwas von einer Gesamtschule in Brühl gesagt. Einen Namen der Schule nannte er nicht.«

»Gesamtschule in Brühl, können sie den Namen auch verwechselt oder sich verhört haben?«, will Markus wissen.

»Nein, ganz bestimmt nicht. Gesamtschule weiß ich, weil ich selbst mal auf so einer Schule war. Und Brühl, erst hat er nur gesagt, dass die Schule in der Nähe von Köln sei. Das wollte ich genauer wissen und dann hat er Brühl gesagt. Von dem Ort hatte ich noch nie etwas gehört, darum kann ich ihn mir jetzt gut merken.«

»Gut, vielen Dank«, die Polizisten verabschiedeten Heike und ihre Freundin und machten sich jetzt auf den Weg zum Nationalpark-Haus. Sie hatten sich dort mit dem Wattführer Hannes verabredet, um mehr über die Wattführung am Freitag zu erfahren. Bis dahin waren es nur 150 Meter.

Sie erklärten Hannes die Hintergründe ihres Besuchs. Markus wollte konkret wissen: »Am letzten Samstag, 4. Juli haben sie eine Wattführung durchgeführt. Können sie sich daran noch erinnern?«

Hannes wirkte sehr entspannt und erzählte:

»An die Führung am 3. Juli, erinnere ich mich, weil ich normalerweise am Freitag keine Führungen mache. Diese Führung war eine Ausnahme, weil uns die Leitung vom Strandloper in Loog darum gebeten hatte. Es sollten ursprünglich 16 Schüler mit ihrem Lehrer kommen, das sind allerdings nur wenig Teilnehmer, darum habe ich den Termin noch einmal öffentlich ausgeschrieben, damit auch noch andere hinzukommen können. Dann kam der Herr Lehrer nur mit sechs Schülern an, daher waren wir insgesamt nur eine kleine Gruppe.«

»Haben sie eine Liste mit Namen der Teilnehmenden?«, wollte Helga wissen.

»Die können sie haben, kein Problem. Ich lasse sie gleich ausdrucken.«

Auf der Liste standen sechzehn Namen. Darunter war auch der Name des Getöteten. Bei der Schulklasse ist nur vermerkt: Schulklasse, Betreuer und plus 6 Schüler.

»Das muss er sein, der Betreuer. Gegenüber dem Vergewaltigungsopfer hat er sich als Lehrer bezeichnet und auch die Zahlen stimmen. Er hat erzählt, dass bei der Gruppe, mit der er hier ist, 16 Schüler wären. Das kann kein Zufall sein.«

Helga war elektrisiert.

Markus nickte: »Völlig klar, der Rolf hat bei der Wattführung den Mann erkannt, der die Heike mit den KO-Tropfen betäubt hat. Vielleicht der ihn auch. Dann haben sie sich verabredet. Ich vermute, dass Rolf ihn erpressen wollte und daher hat der Lehrer ihn erschossen.«

Helga stimmte zu und meinte: »Wir müssen sofort zu diesem Ferienheim nach Loog und den Sewing befragen und unter Umständen verhaften. Wir benötigen dazu den MTW der Feuerwehr. Sollten wir Sewing verhaften müssen, können wir ja schlecht zu Fuß zurück oder mit dem Fahrrad fahren.«

Markus rief Hanke Hinrich an und erklärte ihm die Situation. Nur wenige Augenblicke später stand der Wagen vor der Tür.

Ein Mitglied der Freiwilligen Feuerwehr saß am Steuer und Markus, Helga und Hanke fuhren mit.

Donnerstag, 9. Juli, vormittags, 10 Uhr

Am Eingang des Ferienheims stellten sie das Fahrzeug ab. Helga fragte eine junge Frau, die ihnen über den Weg lief: »Wir benötigen ihre Hilfe, wo finden wir den Leiter dieses Ferienheims?«

Die Frau antwortete: »Der Leiter des Strandlopers ist eine Frau. Sie heißt Peters, Inge Peters«, sie lächelte, »kommen sie bitte mit, ich bringe sie hin.«

Die Frau nahm die Polizisten direkt mit sich und führte sie zum Büro der Leiterin. Nachdem sie sich vorgestellt hatten, fragten sie: »Frau Peters, wir suchen einen Lehrer, der hier bei Ihnen wohnt und der heißt Namen Sewing. Bitte sagen sie uns, wo wir Herrn Sewing finden können.«

»Der Herr Sewing ist gerade mit einer Schülergruppe im Inselmuseum, das ist hier in der Nähe, um ein paar Ecken. Liegt etwas gegen ihn vor?«

Markus ignoriert die Frage und wollte wissen: »Wo genau ist dieses Museum?«

Frau Peters führte die Polizei vor die Tür und zeigte ihnen den Weg, indem sie erklärte, wo man abbiegen musste. In diesem Augenblick ging ein Mann an ihnen vorbei.

»Moment«, rief Frau Peters, warten sie bitte.« Der Mann blieb stehen und grüßte die Gruppe.

»Darf ich ihnen Herrn Krämer vorstellen«, sagte Frau Peters, »Herr Norbert Krämer ist ein

Betreuer und gehört ebenfalls zu der Schulklasse, die mit Herrn Sewing hier in unserem Ferienheim wohnt.«

Bevor sich die Polizisten vorstellten, ergriff Markus die Initiative.

»Von welcher Schule sind sie?«

»Wir sind von der Marie-Curie-Schule aus Kassel«, antwortete Krämer.

»Ist das ein Gymnasium?«, wollte Helga wissen.

»Nein, wir sind eine Integrierte Gesamtschule.«

»Und sie sind Lehrer?«, fragte Markus nach.

»Nein, ich bin Schülerbetreuer, das heißt, ich betreue die Schüler, solange sie noch in der Schule und noch nicht daheim sind, beispielsweise bei den Hausaufgaben«, erklärte Krämer.

Frau Peters mischte sich ein: »Die Herrschaften sind von der Polizei, sie möchten ihren Herrn Sewing sprechen. Aber der ist gerade im Museum.«

»Ja«, sagte Krämer, »der kommt bestimmt gleich. Ich muss jetzt allerdings auch weg, muss mich noch um die Schüler kümmern, die am Strand sind. Ich wollte nur noch etwas holen.«

Krämer verabschiedete sich und ging. Dann fragte Frau Peters: »Was wollen sie denn von Herrn Sewing?«

»Es gibt etwas, dazu müssen wir Herrn Sewing befragen. Können wir uns untereinander unter sechs Augen vorher noch bereden? Gibt es hier einen Raum, von dem wir sehen können, wenn der Herr Sewing mit den Schülern zurückkommen wird? Einen Platz, an dem wir selbst nicht gleich entdeckt werden.«

Frau Peters fragte erneut: »Liegt denn etwas gegen Herrn Sewing vor? Sie machen es so geheimnisvoll. Ich sah, dass sie mit einem Feuerwehrauto hier sind. Das ist auf Juist eher ungewöhnlich. Also muss es etwas ganz Besonderes sein.«

»Dazu können wir jetzt noch nichts sagen. Wir haben einige Fragen an Herrn Sewing, das ist alles. Wir bitten sie aber trotzdem, von unserer Anwesenheit nichts zu sagen, auch nicht Herrn Sewing gegenüber, wenn der zurückkommt.«

Markus, Helga und Hanke zogen sich in ein kleines Zimmer zurück, das man ihnen zugewiesen hatte und besprachen die Lage. Markus stellt klar: »Der Verdächtige Sewing ist mit Schülern im Museum. Da sind sicher auch andere Besucher. Wenn Sewing der Täter sein sollte, ist er vermutlich bewaffnet. Wir dürfen daher kein Risiko eingehen. Also warten wir hier, bis Sewing mit den Schülern zurückkommt.«

Helga sagte nachdenklich: »Hoffentlich informiert der Norbert Krämer den Sewing nicht vorher.«

Hanke schaltete sich ein: »Der Krämer ist gerade in die andere Richtung gegangen. Er wollte ja auch zum Strand.«

Nach mehr als einer halben Stunde beobachteten sie, dass eine Gruppe Jugendlicher mit einem Mann aus Richtung Museum kam und auf sie zulief.

»Das muss Sewing sein«, kommentierte Helga.

Markus ging aus dem Raum hinaus auf die Gruppe zu und fragte den Mann: »Sind sie Herr Sewing?«

Der Mann nickte und fragte: »Wer will das wissen?«

Markus erklärte: »Ich möchte sie gern unter vier Augen sprechen, dann erfahren sie es.«

Die Schüler gingen weiter und als Markus mit Sewing allein ist, sagte Markus: »Ich bin von der Polizei, hier ist mein Ausweis. Bitte kommen sie mit, wir müssen ein paar Fragen klären.«

Inzwischen kamen Helga und Hanke hinzu, die hinter einer Ecke standen und Markus absicherten.

Markus sagte: »Herr Sewing, wir ermitteln in einem Tötungsdelikt. Es besteht der dringende Tatverdacht, dass sie jemanden getötet haben.«

Er erklärte ihm, dass es ihm freisteht, sich zur Sache zu äußern.

Markus fragt weiter: »Haben sie eine Waffe bei sich oder irgendetwas, an dem ich mich verletzen könnte?«

Sewing, der völlig geschockt wirkte, findet jetzt erst langsam zu sich: »Das muss doch ein Scherz sein. Oder ein Irrtum, ich habe doch niemanden umgebracht.«

»Das werden wir feststellen, ich möchte sie zunächst untersuchen, bitte stellen sie sich dort an die Wand.

Hanke tastete den Verdächtigen ab und meinte: »Herr Sewing trägt nichts bei sich.«

Helga fragte: »Dürfen wir ihr Zimmer untersuchen?«

»Kein Problem«, antwortet Sewing, »meine Zimmertür ist offen.«

Dann erklärte er, wo sich sein Zimmer befand und Hanke machte sich auf den Weg.

»Sie sind nicht verhaftet, wir müssen nur mit ihnen einige Fragen klären. Wir bitten sie, kommen sie mit uns auf die Polizeistation.«

Markus und Helga begleiteten den Verdächtigen zum Mannschaftstransportwagen, setzten sich hinein und warteten auf Hanke.

Sewing hatte sich inzwischen etwas gefasst und wollte wissen: »Wie kommen sie darauf, dass ich jemanden getötet hätte? Ich habe wirklich nichts gemacht. Was liegt denn um Gottes willen gegen mich vor?«

»Im Augenblick sind es nur Zeugenaussagen. Sollte sich herausstellen, dass wir uns geirrt haben und sie unschuldig sind, bringen wir sie selbstverständlich wieder hier her nach Loog. Wir klären alles, wenn wir auf der Polizeistation sind.«

Hanke kam zum MTW und berichtete: »Ich konnte nichts Auffälliges im Zimmer von Herrn Sewing entdecken. Ich fand lediglich sein Handy und einen Laptop. Ich habe beides mitgebracht.«

»Schauen sie sich ruhig alles an, ich helfe ihnen sogar dabei, wenn sie wollen«, sagte Sewing und ergab sich in sein Schicksal, als sie mit dem Mannschaftstransportwagen zurück ins Dorf fuhren.

Sie brachten Sewing zunächst in einen separaten Raum und machten ihm klar, dass sie ihn gleich wieder zu einer ersten Befragung holen würden.

Nachdem sie sich beraten und ihre Gesprächsstrategie festgelegt hatten, konnte die Befragung des Verdächtigen beginnen. Hanke ging zu Sewing und brachte ihn mit zurück.

Markus übernahm die Initiative: »Herr Sewing, wo waren sie am 1.7.?«

»Am 1.7.?«, Sewing überlegte, »das war der Mittwoch. Da war ich in Loog. Sowohl in unserem Ferienheim, als auch am Strand.«

Helga reagierte: »Man hat sie allerdings in einer Kneipe gesehen? Und zwar am Abend.«

»Wer hat mich gesehen? Das kann gar nicht sein. Ich war definitiv im Ferienheim Strandloper.«

Und nach einer kurzen Pause bekräftigte er: »Ich bitte um eine Gegenüberstellung mit dem angeblichen Zeugen.«

»Ja, das werden wir noch machen«, bestätigte Markus.

»Kennen sie diesen Mann hier?« Helga zeigte ihm das Foto des Toten.

Sewing schaute sich das Bild lange an und sagte dann sehr überzeugt: »Nein, den habe ich noch nie gesehen. Wer ist das?«

»Das ist Rolf Siemann?«

Dann schwieg Helga und beobachtete genau, wie Sewing reagierte.

»Ich habe den Mann noch nie gesehen und den Namen auch noch nie gehört. Bitte glauben sie mir!«

Sewing beteuerte erneut seine Unschuld.

»Wir haben ihr Zimmer im Strandloper durchsucht, wo haben sie ihre Waffe gelassen?«, bohrte Markus nach.

»Eine Waffe? Was für eine Waffe? Ich besitze noch nicht einmal ein Taschenmesser. Ich hasse Waffen aller Art«, bekräftigte Sewing.

»Moment«, nach einer kurzen Pause reagierte Sewing plötzlich. Ihm war etwas eingefallen.

»Wo ich am 1.7. war, hatten sie vorhin gefragt? Da war ich, wie ich schon sagte, in unserem Ferienheim, und zwar in Loog. Aber mein Kollege, Norbert Krämer, hatte sich an diesem Abend auf Juist verabredet. Ich war mit den Schülern ganz allein. Sie können die ja fragen. Ich habe ein Alibi, wie sie sehen.«

Sewing wirkte überzeugend und strahlte inzwischen sehr viel mehr Sicherheit aus.

»Das war's im Augenblick, wir werden das prüfen. In einer halben Stunde wissen wir mehr.«

Sie brachten Sewing zunächst wieder in das Nachbarzimmer.

Helga versuchte telefonisch das Vergewaltigungsopfer Heike Wolfram zu erreichen.

Tatsächlich, Heike war sofort dran und Helga erfuhr, dass sie gerade mit ihrer Freundin in einem Restaurant sitzen würde, in der Hohen Düne.

Helga besprach dann kurz mit Markus die weitere Vorgehensweise und sagte daraufhin zu Heike:

»Wir kommen in wenigen Augenblicken mit einem Mann in das Restaurant, sodass sie ihn sehen können. Erkennen sie ihn nicht, kommen sie direkt zu uns. Erkennen sie ihn, bleiben sie bitte an ihrem Tisch sitzen.«

»Haben sie das Schwein erwischt?«, wollte Heike wissen.

»Es kann sein, im Augenblick vermuten wir allerdings eher seine Unschuld. Sie sollen uns das lediglich bestätigen.«

Heike erklärte sich einverstanden.

Sie holten Sewing wieder aus dem benachbarten Raum und ließen sich von der Feuerwehr zur Hohen Düne fahren.

Helga und Markus verließen mit Sewing das Fahrzeug und betraten das Restaurant.

Sekunden später erhob sich Heike von ihrem Tisch und kam auf sie zu.

Markus fragte noch einmal nach: »Kennen sie hier unseren Begleiter?«

Heike verneinte: »Eindeutig nicht, ich habe ihn noch nie gesehen.«

Markus erklärte kurz, dass Herr Sewing offensichtlich nicht der Gesuchte sei. Ihnen sei aufgrund der Indizienlage ein Irrtum unterlaufen.

Als sie zum Mannschaftstransportwagen zurückgingen, entschuldigte sich Markus bei Sewing. Der konnte inzwischen wieder lachen.

»Schon gut, jetzt kann ich wenigstens mit einer neuen Erfahrung aufwarten. Den heutigen Vormittag vergesse ich nicht so schnell.«

Im Ferienheim Strandloper angekommen, machten sich Markus und Helga sofort auf die Suche nach Norbert Krämer. Sewing half ihnen dabei. Sie befragten Schüler und das Personal des Heimes. Doch Krämer war nirgendwo zu finden und niemand kannte seinen Verbleib. Da alle Schüler im Heim anwesend waren, konnte Krämer auch nicht mit ihnen am Strand sein.

Markus meinte: »Ich bin überzeugt davon, dass der Krämer vorhin, als er erfuhr, dass die

Polizei einen Lehrer suchte, die Flatter gemacht hat.«

Helga stimmte zu und ergänzte: »Und seine Pistole hat er mitgenommen.«

Sie durchsuchten sein Zimmer. Offensichtlich fehlte nichts. Krämer hatte nichts mitgenommen. Die gesamte Kleidung von ihm war im Schrank vorhanden. Sie fanden Geld, Kreditkarten und in seinem Koffer auch dessen Ausweise. In einer Schublade lag eine kleine Schachtel mit Patronen Kaliber 9x19. Doch eine Pistole war nirgendwo zu entdecken.

Sewing präsentierte den Polizisten ein Gruppenticket, mit dem die Schulklasse und die Begleitpersonen anreisten. Außerdem zeigte er seine Kamera und sagte:

»Hier habe ich ein Foto, auf dem der Norbert gut zu erkennen ist, das habe ich erst gestern gemacht.«

Helga bat ihn, das Bild möglichst sofort auszudrucken. Sewing kam ein paar Minuten später und überreichte ihr ein DIN A4 großes Bild von Krämer und sagte: »Im Büro von Frau Peters konnte ich das erledigen, war kein Problem.«

Helga bedankte sich sehr für die Hilfe bei Lukas Sewing.

Markus telefonierte mit Hanke in der Polizeistation. Sie gaben ihm eine Reihe von Daten durch, Hanke setzte daraufhin den Hafen in Kenntnis und gab die inzwischen formulierte Personenbeschreibung durch. Zunächst nur telefonisch, danach auch noch per Mail. Jetzt hatte der Hafen sowohl die Personenbeschreibung, als auch das Fahndungsfoto von Krämer.

Das Handy von Markus klingelte, die SpuSi rief an. Die Kleidung von Heike wurde mithilfe der Vakuum-Metallisierung untersucht. Tatsächlich konnten dabei Fingerabdrücke gefunden werden. Diese Abdrücke wurden auch schon in zwei anderen Fällen gefunden. Es waren zwei Taten in Kassel, bei denen KO-Tropfen im Zusammenhang mit Sexualdelikten benutzt wurden.

Markus und Helga beschlossen, dass im Zimmer von Norbert Krämer nach Fingerabdrücken gesucht werden müsse.

Beide machte sich sofort ans Werk. Mit Rußpulver und einem Einstaubpinsel bearbeiteten sie zunächst die Stellen, an denen sie Fingerabdrücke vermuten konnten. Wurden Abdrücke sichtbar, benutzten sie eine Spurensicherungsfolie.

An vielen Stellen in Krämers Zimmer wurden Abdrücke gefunden. Wichtig war, dass sie an der Schachtel mit Munition Fingerabdrücke fanden. Damit könnte später der Eigentümer identifiziert werden.

Donnerstag, 9. Juli, gegen Mittag

»Wenn wir schon mal hier sind, nutzen wir doch die Gelegenheit und unterhalten uns mit einem der Rettungsschwimmer, oder sogar mit beiden, falls wir sie erwischen. Eigentlich müssten wir die jetzt am Strand antreffen.«

»Helga, du bist die Größte«, Markus war begeistert, »gut, dass du daran gedacht hast, das spart uns Zeit, wenn wir nicht noch einmal hier raus nach Loog müssen.«

Sie marschierten über den Strandübergang durch die Dünen und sahen sofort den weißen Rettungsturm vor sich und sie erkannten, dass sich zwei Rettungsschwimmer dort aufhielten.

Als sie sich dem Turm näherten, kam bereits einer der Rettungsschwimmer herunter. Vor den beiden Polizisten baute sich ein muskelbepackter junger Mann mit braunen, langen Haaren auf. Er war sonnengebräunt und sein Gesicht zierte ein drei Tage Bart.

»Wir hätten sie gerne gesprochen, wir sind von...«

»Geht es um unseren Kollegen Rolf?«, fiel ihm der junge Mann ins Wort. »Übrigens, ich bin Stefan Kieler, mein Kollege da oben heißt Ole Biermann.«

»Ja, es geht um Rolf Siemann. Um den geht es. Wir haben ein paar Fragen an sie? Geht das jetzt?«

»Ja klar, das geht. Mein Kollege ist oben und hat alles im Blick. Ich kann ihre Fragen hoffentlich beantworten.«

»Wir wissen, dass Rolf eine Freundin hatte«, Helga startete einen Versuch.

»Ja, die Karin, die beiden sind schon seit dem letzten Jahr zusammen.«

»Hatte er noch eine andere Freundin?«

»Freundin? Er hatte gelegentlich mal 'nen One-Night-Stand, aber nichts Ernstes. Das war meist schnell wieder vorbei.«

»Und jetzt, zurzeit? Lief da noch was mit einer Frau?«, schaltete sich Markus in das Gespräch ein.

»Kann sein, ich habe ihn ein paar Mal mit einer Blonden gesehen.«

»Hatte die Frau wasserstoffblondierte Haare?«, wollte Markus wissen.

»Ob das Wasserstoff war, weiß ich nicht. Strahlend hell waren die Haare schon.«

»Kennen sie den Namen der Frau?«

»Ja, die heißt Eva, mehr weiß ich allerdings nicht.«

»Wissen sie, wo diese Eva hier auf Juist wohnt?«, Helga wartete gespannt auf die Antwort.

»Ich glaube, dic wohnt im Dorf, also nicht hier in Loog. Aber mehr weiß ich wirklich nicht.«

»Diese Superblonde, war die hier häufiger am Strand?«

»Die kam regelmäßig hier her, eine Zeit lang fast täglich. Ich habe die heute Morgen noch gesehen. Da lag sie da hinten auf einer Badematte. Aber vorhin sah ich sie gehen.«

»Ich weiß auch nicht mehr, ich habe ihre Unterhaltung hier oben gut verstanden.« Vom Turm herunter schaltete sich der Kollege Ole Biermann ein.

»Eine Frage noch, wissen sie ob Rolf Ärger hatte hier auf Juist? Hat er ihnen von Problemen erzählt? Gab es etwas, womit er anderen Schwierigkeiten bereiten konnte? Fällt ihnen dazu etwas ein?«

Stefan druckste herum.

»Los, raus mit der Sprache, was wissen sie?«, Markus ließ nicht locker.

»Rolf hatte irgendwas mit Drogen zu tun. Er hat nie darüber gesprochen. Ich weiß auch nicht, ob er selbst Drogen nahm, glaube ich allerdings auch nicht. Aber ich habe neulich zufällig, als er oben im Turm war, von unten ein Telefonat mithören können. Rolf wurde angerufen, ich weiß nicht von wem. Er hat da von Geld gesprochen, fünfzigtausend Euro und von Kokain war die Rede. Das ist alles, was ich weiß.«

Der Kollege Biermann wusste nichts über diese Geschichte. Er hatte an dem besagten Tag keinen Dienst.

»Wann war das mit dem Telefonat?«, wollte Markus wissen.

»Das ist bestimmt schon drei oder vier Wochen her.«

»Haben sie keinen genauen Termin für uns?«, Helga ist noch nicht zufrieden.

»Ich müsste mal im Kalender nachsehen, das war an einem Tag, als Ole keinen Dienst hatte. Das kann ich herausfinden.«

»Dann machen sie das bitte, das ist wichtig für uns!«

Stefan holt sein Smartphone aus der Tasche und blättert in seiner Kalender-App.

»Hier habe ich es, es war Dienstag, 23. Juni. Ich bin ganz sicher.«

»Danke, das hat uns jetzt sehr geholfen.«

Die beiden Ermittler verabschiedeten sich und gingen zurück zu ihrem Quad und fuhren zurück zur Polizeistation.

Donnerstag, 9. Juli, früher Nachmittag

»Wir müssen unbedingt diese Eva finden, schließlich hat sie den Rolf bedroht. Von Umbringen war die Rede. Das ist das Eine und dann gab es den Hinweis mit den Drogen. Gibt's hier auf Juist Drogen, oder Dealer? Das ist das Andere!«, Markus wirkte sehr nachdenklich.

Markus, Helga und Hanke hatten sich mit dem Leiter der Polizeistation zusammengesetzt und besprachen die Lage.

»Drogen? Moment mal!«, plötzlich wurde Eike Haferland aktiv.

Er sprang auf, verließ den Raum und kam kurze Zeit später mit einem Ordner voller Zeitungsausschnitten zurück.

»Hier, schaut mal, das ist mir gerade eingefallen.«

Er legte Zeitungsausschnitte auf den Tisch, die alle über Drogen berichteten und die gemeinsamen Überschriften lauteten so oder ähnlich:

In Ostfriesland wird Kokain am Strand angespült!

Den verschiedenen Presseberichten konnte man entnehmen, dass 2017 sowohl auf Borkum, als auch auf Norderney Kokainpäckchen angeschwemmt wurden. Auf der Insel Baltrum sogar ein Seesack, mit Kokain im Wert von zwei Millionen Euro. Nur auf Juist wurde nichts gefunden. Und ziemlich aktuell, im letzten Jahr gab es auf Baltrum den Fund eines Seesacks mit 25 kg Kokain, mit einem Marktwert von2 Millionen Euro.

»Auf Juist wurde nichts gefunden!«, Haferland betonte den Satz und fuhr dann fort, »Kann das wirklich sein? Vielleicht wurde ja doch was hier auf Juist gefunden, nur nicht von der Polizei.«

»Wo kommt das Zeug denn her, wenn es hier angeschwemmt wird?«, fragte Helga nach.

Eike Haferland bemühte sich, den Hintergrund zu erläutern.

»Der NDR hat recherchiert, dass Kokain in großen Mengen auf Containerschiffen aus Übersee nach Europa geschmuggelt wird. In den Seehäfen, zum Beispiel in Hamburg, werden die Schiffe bei der Ankunft dann durch den Zoll kontrolliert. Das will man umgehen und deshalb würden die Schmuggler das Kokain in wasserdichten Seesäcken verpacken und bevor sie die Häfen erreichen, an vereinbarten Stellen über Bord werfen. Normalerweise fischen dann Helfershelfer das Zeug aus dem Wasser, aber manchmal geht dabei etwas schief. In Belgien zum Beispiel wurde ebenfalls Kokain aus dem Wasser gefischt. Die Staatsanwaltschaft bei uns in Aurich schätzt, dass der Wert im dreistelligen Millionenbereich liegen soll.«

In das allgemeine Staunen ertönt plötzlich die Gesangsstimme von Markus:

»If you got bad news, you wanna kick them

blues, cocaine, when your day is done, and you wanna run, cocaine. She don't lie, she don't lie, she don't lie, cocaine«

Haferland, dem die Gesangsmarotte von Markus noch nicht bekannt war, schaute den Sänger mit Unverständnis an. Helga lachte und fragte Markus:

»Wieder AC/DC? Klang aber nicht so schlecht wie sonst.«

»Oh Gott, sie kennt den Song nicht. Ausnahmsweise mal nicht AC/DC. Cocaine, das war ein Riesenhit von Eric Clapton.«

Markus grinste, »Soweit ich weiß, werden an allen Küsten der Welt, solche Drogen in Paketen oder Seesäcken gefunden. Neulich auch wieder an der englischen Südküste oder auch in Puerto Rico. Immer wieder machen Privatleute, also keine professionellen Drogendealer, solche Funde. Es könnte also durchaus sein, dass auch am Strand von Juist Drogen angeschwemmt wurden, aber niemand hat sie gefunden? Zumindest nicht offiziell. Vielleicht hat auch hier jemand einen dicken Brocken gefunden und versucht heimlich damit reich werden? Auf fast allen ostfriesischen Inseln wurden Pakete oder Säcke mit Drogen, fast immer Kokain, gefunden. Juist ist die längste Insel mit 17 km. Ausgerechnet hier sollte nichts gefunden worden sein? Ich glaube eher, dass hier auch etwas gelandet ist.«

Haferland stimmte ihm zu:

»Gehen wir mal davon aus, dass auch eine Insel wie Juist mit ungefähr 1.500 Einwohnern sich ein paar Verbrecher leisten kann. Hinzu kommen natürlich noch die Touristen, schließlich haben wir hier ungefähr 110.000 Gäste pro Jahr und das sind wahrscheinlich auch nicht nur Engel.«

»Kann das Rauschgift mit unserem Fall hier etwas zu tun haben?«, fragte Hanke.

»Da ist Rolf, was hat der mit Drogen zu tun? Dann der Betreuer Krämer, dem wir den Mord an Rolf zutrauen, gings da um Drogen? Ich habe noch keine Idee.«

»Auch ein Mörder macht mal Urlaub.« Haferlands Spruch half aber auch nicht weiter.

Helga wirkte ratlos und als sie in die Runde blickte, entdeckte sie riesengroße Fragezeichen auf den Stirnen aller Anwesenden.

Nachdem das Schweigen spürbar durch den Raum waberte, ergriff Markus wieder das Wort:

»Lasst uns den Tag beenden, er war lang genug. Ich habe gelernt, wenn man eine Nacht über ein Problem hinweggehen lässt, ist am nächsten Morgen eine Lösung oft leichter.«

Alle stimmen Markus zu und sie verabredeten sich für den nächsten Morgen in der Polizeistation.

Donnerstag, 9. Juli, nachmittags

Krämer hatte sich vom Ferienheim entfernt, als ihm klar wurde, dass die Bullen seinetwegen auftauchten. Er hatte Glück gehabt. Dass er der Tante, da aus dem Krullerkopp einen falschen Namen nannte, hielt er für einen genialen Schachzug und er musste grinsen. Zunächst lief er vom Strandloper aus Richtung Strand. Er war sicher, dass er einen Vorsprung haben würde und hoffte, dass man zunächst noch hinter dem Sewing her sei. Er hatte also noch etwas Zeit. Auf dem Weg zum Strand erreichte er die Aussichtsplattform »Dree Water Utkiek«. Von dort aus konnte er sowohl den Strand, aber noch wichtiger zurück zum Ferienheim blicken und so stellte er fest, dass ihm kein Mensch folgte. Er zog für sich Bilanz. Seine Papiere, sein Geld und die Kreditkarten waren in seinem Zimmer oder früher oder später im Besitz der Bullen. Er schloss aus, zurückzugehen und die Sachen zu holen. Das wäre zu riskant, entschied er. Seine Pistole hatte er unter seinem Hemd in den Hosenbund gesteckt. Die wird mir noch gute Dienste leisten, war er sich sicher.

Plötzlich fiel ihm ein, dass er das Fläschchen mit dem Liquid Ecstasy, den KO-Tropfen, weggeworfen hatte und er ärgerte sich. Vielleicht hätte er das auch noch gebrauchen können. Aber er wusste genau, wie er wieder an das Zeug kommen könnte, wenn er endlich wieder zu Hause wäre. Dabei fiel ihm ein, dass er nicht zu seiner Meldeadresse konnte, denn da wartete man sicher auf ihn. In seiner Hosentasche hatte er noch einen Zwanzig-Euro-Schein und ein paar Münzen. Er zählte nach. 4 Euro und dreiundsiebzig Cent. Damit komme ich nicht weit, überlegte er. Ich muss mir irgendwie Geld beschaffen oder mir etwas zum Essen und Trinken klauen. Das werde ich schon schaffen, war er sich sehr sicher. In seiner Pistole, das wusste er, befanden sich 15 Patronen im Magazin. Das müsste reichen, um hier auf der Insel sich für ein paar Tage über Wasser zu halten. Damit kann ich mir Geld oder Verpflegung besorgen, da war er ganz sicher.

Er überlegte, wie und wo kann verbringe ich die kommende Nacht? Zuerst muss ich etwas essen, entschied er und marschierte am Strand entlang in Richtung Osten.

Genau aus dieser Richtung blies auch der Wind. Gegen den Wind zu laufen war anstrengend genug, deshalb entschied er sich, direkt unten am Wasser zu gehen. Hier war der Sand durch die Feuchtigkeit viel fester und sein Fußmarsch war nicht ganz so beschwerlich. Nach ca. 2,5 km erreichte er den Weg, der vom Strand Richtung Kurhaus führte. Als er die Strandstraße erreichte, wurde ihm bewusst, dass er soeben an der Stelle vorbeigelaufen war, wo er die Tante aus dem Krullerkopp vernascht hatte. Wieder musste er grinsen, weil er sich so clever vorkam. Wie hieß es doch so schön, ein Täter kehrt immer wieder an den

Tatort zurück, bei mir war es jetzt auch so. Er überlegte, warum kehrt ein Täter denn immer wieder an den Tatort zurück? Ihm fiel keine Antwort ein und er verwarf seine Grübelei wieder.

Im Ort entdeckte er das Heelbutten, ein Restaurant, bei dem er draußen im Freien sitzen konnte. Er fand einen einzelnen Tisch, setzte sich aber so, dass vorübergehende Passanten ihn nicht direkt erkennen konnten. Er wählte sich aus der Speisekarte ein Schnitzel mit Bratkartoffeln aus und ein großes Bier.

Ich muss jetzt sehen, dass ich wegkomme, ohne zu zahlen, das dürfte nicht so schwer sein. Als er sein Mahl beendet hatte, fragte er den Kellner nach dem Weg zur Toilette, dadurch wollte er ihn verwirren. Nachdem der Kellner wieder im Inneren des Lokals verschwunden war, stand er auf und verließ das Heelbutten einfach in Richtung Kurhaus, die Strandstraße hinauf. Während des Essens hatte er sich überlegt, doch nicht mitten im Ort Juist zu bleiben. Er fürchtete, dass er dort von seinem Kollegen oder von den Schülern erkannt werden würde. Außerdem war es sehr wahrscheinlich, dass die Bullen nach ihm fahnden würden. Auf der Strandpromenade marschierte er Richtung Westen. Am nächsten Abgang bog er Richtung Strand ab und legte sich unterhalb der Dünen in den warmen Sand.

Als es langsam dunkler wurde, wünschte er sich etwas zum Anziehen oder Zudecken, denn es wurde auch merklich kühler. Schmerzlich dachte er an seine Pullover, die im Ferienheim in seinem Schrank lagen.

Plötzlich ging ihm durch den Kopf, dass er hier im Sand liegend, vielleicht doch eher auffallen könnte. Also stand er auf und marschierte direkt in die Dünen und legte sich dort in eine Vertiefung im Dünengras. Doch nach ein paar Minuten spürte er, dass das Gras ihn auch nicht wärmte.

Er seufzte, denn ihm war klar, an der Situation, konnte er derzeit nichts ändern.

Donnerstag, 9. Juli, früher Abend

Markus und Helga schlenderten Richtung Kurplatz. Es war ein toller Abend, es wurde langsam dunkler, die Luft war angenehm, nicht zu warm und ein milder Wind trug zur Entspannung bei. Am Schiffchenteich setzten sich beide auf eine Bank und genossen die Atmosphäre. Die meisten Juist-Urlauber waren vermutlich beim Abendessen und nur noch eine Handvoll Menschen waren rund um das Gewässer anzutreffen, das tagsüber von vielen Kindern besucht wurde, die dort ihre Boote und Schiffchen dort in See stechen ließen.

»Hast du Hunger?«

Markus schaute seine Partnerin erwartungsvoll an, denn er selbst verspürte schon eine gewisse Leere in der Magengegend.

»Ich würde gerne Fisch essen, einen leckeren Fisch und viel Salat dazu. Gleich da an der Ecke ist die Küchenwerkstatt. Falls wir dort noch einen Tisch bekommen, sollten wir die Gelegenheit nutzen. Wollen wir?«

Ohne groß zu antworten, erhob sich Markus, ergriff die Hand von Helga und zog die lachende Kollegin hinter sich her.

»Willst du mich abschleppen?«, fragte Helga etwas anzüglich, doch Markus grinste nur.

Tatsächlich fanden sie einen Platz an einem Tisch direkt an den großen Fenstern, die bis zum Boden reichten. Bei dem herrlichen Wetter waren die Fenster weit geöffnet, sodass sie fast im Freien saßen. Helga bestellte sich eine Nordseescholle und Markus eine Dorade. Das Essen war hervorragend und sie speisten mit großer Begeisterung.

»Kennst du den?«, Markus fiel ein Witz ein, »Anruf bei der Polizei, bitte kommen Sie schnell, da kämpfen zwei Frauen um mich. Polizist: Wo ist das Problem? Anrufer: Die dicke Frau gewinnt.«

»Du hast schon bessere erzählt«, meint Helga und fragte, »Apropos Frau. Du bist doch nicht verheiratet und lebst mit einer Freundin zusammen? Bin ich da richtig informiert?«

»Weißt du, ich behalte meine privaten Probleme normalerweise für mich. Bei dir mache ich jetzt mal eine Ausnahme. Ich bin eigentlich in Aurich gelandet, weil meine Freundin dort hinzog, als sie einen Job als Schulleiterin bekam. Ich habe alle Hebel in Bewegung gesetzt, um von Münster nach Aurich versetzt zu werden. Wir führten, weil das sehr lange dauerte, eine Art Wochenendbeziehung und als es dann mit meiner Versetzung klappte, hatte sich meine Beziehung in Wohlgefallen aufgelöst. Ein anderer Mann war wohl häufiger anwesend. Aber andere Mütter haben auch schöne Töchter.«

»Du hast das noch nicht überwunden?« Helga fragte einfühlsam nach.

»Nein, das sitzt immer noch tief«, bestätigte Markus.

Er schaute seine Kollegin längere Zeit an und fragte: »Und was ist mit dir? Ich weiß, du lebst in einer Beziehung.«

»Ja, in einer sehr glücklichen. Wir wollen in diesem Jahr noch heiraten.«

»Dann brauche ich mich ja gar nicht erst in dich zu verlieben«, kam die Antwort von Markus.

»Meinst du das jetzt im Ernst?«, Helga war von seiner Antwort überrascht.

»Nein, das war ein dummer Spruch von mir, ich habe dich als Kollegin viel zu gerne, um mich in dich zu verlieben. Aber du bist schon eine tolle Frau.«

Helga war jetzt sehr angespannt, weil sie nicht wusste, worauf Markus mit seiner Aussage hinauswollte.

»Bitte schau nicht so entsetzt. Ich will dir einfach etwas erklären. Ich mag dich wirklich sehr. Du bist eine wunderschöne Frau und du bist für mich die beste Kollegin der Welt. Und genau das ist das Problem.«

»Was für ein Problem meinst du?«

»Wenn du nicht eine so tolle Kollegin wärst, ich wette, ich hätte schon längst versucht, mit dir etwas anzufangen.«

»Ich mag dich auch sehr Markus, aber ich liebe wirklich meinen Mann sehr. Besser gesagt, den, der noch mein Mann werden soll. Er heißt übrigens David.«

»Das freut mich sehr für dich und ich gestehe, neidisch bin ich auf David schon.«

»Neidisch? Wie meinst du das? Worauf bist du neidisch?«

»Na auf einen Mann, der in deiner Nähe ist und mit dir die Freuden des Lebens teilt?«

»Beziehst du das auf Sex?«

»Auch, aber ich glaube, das Leben mit dir ist nicht nur Sex.«

»Nicht nur«, Helga grinste, »aber auch mit Sex.«

»Ich habe jetzt Bilder im Kopf, die ich gar nicht wollte.«

»Kann ich mir denken, vor allem, weil du ja jetzt solo bist. Dabei las ich neulich, dass Junggesellen in deinem Alter, laut Statistik, zwei- bis dreimal pro Woche Sex haben.«

»Wenn die Statistik stimmt, dann heißt das, dass da irgendeiner für mich mit bummst.«

Nach dem Spruch verschluckte sich Helga vor lauter Lachen. Sie konnte den Lachanfall kaum unterdrücken.

Donnerstag, 9. Juli, abends

Helga hatte sich während des Aufenthalts auf Juist bei ihrer Freundin Neele Steinmetz einquartiert. Beide kannten sich schon ein paar Jahre. Damals, als Helga ihren Einsatz bei der Polizei auf Juist hatte, lernten sie sich kennen. Zu der Zeit besuchten sie auch regelmäßig das Hallenbad, das inzwischen den Namen TöwerVital Meerwasser-Erlebnisbad trägt. Und in der Tat, es war immer wieder ein einmaliges Erlebnis, im warmen Meereswasser zu schwimmen. Und alle, die jemals von dort nach draußen auf die Nordsee blickten, wussten, was der Begriff Töwerland bedeutete.

Auch für diesen Abend hatten sich die beiden Frauen vorgenommen, dorthin zu gehen, aber es war später geworden und so hatten sie sich entschieden, daheimzubleiben. Sie saßen auf dem großen Balkon in Neeles Haus und genossen den Blick auf den Sonnenuntergang. Diese Stimmung, die warme Abendluft, die angenehme Brise, der Duft des Meeres, die Salzpartikel auf der Haut und in der Luft, und dazu ein Glas Wein zu trinken, war einfach magisch.

»Jetzt fehlt eigentlich nur noch ein Mann zum Kuscheln.«

Neele gab sich soeben ihren Fantasien hin und wusste, dass sie mit ihrer Aussage ihre Freundin Helga provozierte, ganz bewusst.

Doch Helga lächelte nur und schwieg, obwohl sie in ihrer Fantasie gerade bei ihrem Freund in Aurich weilte. Es kam zwar immer mal wieder vor, dass sie, bedingt durch ihre Einsätze bei der Polizei, schon einmal ein oder zwei Wochen ohne ihn auskommen musste, doch in Wahrheit hasste sie die dadurch entstehenden Trennungen.

Neele ließ nicht locker. Ihr fielen Geschichten ein, die sie gemeinsam mit Helga erlebt hatte.

»Erinnerst du dich noch an die Nacht mit Jörg und Wolfgang hier bei mir im Schlafzimmer?«

»Ja, doch, ich erinnere mich daran. Das war schon eine heiße Nacht. Ein wilder, flotter Vierer. Damals war ich auch noch nicht in festen Händen.«

»Seit du verlobt bist, hast du also nur noch deinen David im Kopf? Das ist doch schon zwei Jahre her. Hast du seither noch nie mit einem anderen Kerl rumgemacht?«

»Nein, wirklich nicht. Ich bin in David total verliebt. Ich weiß, bevor ich mich in ihn verknallte, habe ich es ziemlich wild getrieben. Aber jetzt, wo mich die Weisheit des Alters gepackt hat...«

»Stimmt. Mit zunehmendem Alter können wir Neues nicht mehr so gut verarbeiten«, grinste Neele.

»Es ist ja nicht so, als wäre ich nicht auch hin und wieder Versuchungen ausgesetzt.

Wenn mir ein passendes Mannsbild über den Weg läuft, denke ich schon mal darüber nach. Ich wäge ab und komme zu dem Ergebnis, dass ich David liebe und ihm treu bleibe.«

»Wann hast du zuletzt darüber nachgedacht?«

»Heute Abend noch. Mein Kollege Markus ist so ein Typ, auf den ich normalerweise ab-fahren würde. Wir haben heute beim Abendessen noch über das Thema gesprochen.«

»Du hast mit ihm übers Vögeln geredet?«

»Natürlich nicht direkt. Er hat mir von seiner gescheiterten Beziehung geredet und er hat mir erzählt, dass er mich sehr mag. Er hat mir sogar gesagt, dass er mich als Kollegin viel zu gerne hat und sich daher nicht in mich verlieben würde.«

»Ich meine ja auch nicht die große Liebe, hast du nicht auch manchmal einfach nur große, geile Lust auf Sex? So wie es bei dir früher doch auch war. Da ging es doch auch nicht immer um die Langfristigkeit, um Liebe. Du warst doch auch richtig geil auf einen Kerl im Bett. Irre ich mich?«

»Das stimmt, es ist ja auch nicht so, dass ich in meinen Fantasien mir so etwas nicht mehr vorstelle.«

»Und was machst du dann?«

»Ich habe ja schließlich noch zwei gesunde Hände und meinen Willy.«

»Willy? Kenn ich den?«

Neele grinste, denn sie wusste genau, was Helga damit meinte.

»Du kennst ihn genau, wir haben ihn ja auch schon gemeinsam benutzt.«

Helga lachte und genoss die Erinnerungen.

»Meinst du nicht, dass es irgendwann zwischen dir und dem Markus zu mehr kommen könnte?«

»Weißt du, ich würde niemals nie sagen. Du weißt doch, dass wir Frauen oftmals den Verstand vor unsere Gefühle stellen. Ob wir uns in einen Kerl verknallen oder nicht, hat viel mit unseren Bildern, Sehnsüchten und unserem Erlebten zu tun. Jeder trägt das in der Tiefe seiner Psyche mit sich herum. Zurzeit ist meine Psyche ganz auf David fixiert. Mehr kann ich nicht dazu sagen. Also mein Verstand hilft mir, meine Gefühle im Griff zu halten.«

»Aber wenn du allein nachts im Bett liegst, und deine Fantasie dich beflügelt, dann benutzt du schon deine Hände oder den Willy. Das sagtest du doch vorhin, oder?«

»Meine Fantasien für mich auszuleben, werte ich nicht als Betrug an David. Ich weiß, dass die meisten Menschen durchaus heftige Fantasien haben und die mit sich selbst ausleben. Ich weiß, dass viele Frauen in der Fantasie sich von mehreren Männern vögeln lassen, ohne dass in der Praxis auch nur einmal in Betracht ziehen würden. Daher kommen auch die unterschiedlichsten Rollenspiele, die Mann und Frau beim Sex ausprobieren.«

»Ich mache das auch. Ich liebe das Spiel mit Dominanz und Unterwerfung. Hast du 'Shades Of Grey' gesehen. Ich finde das total spannend und heiß. Es ist bei mir aber nur die Fantasie, die Vorstellung, die mich anmacht. Real will ich das absolut nicht erleben. Und bei dir? Welche Fantasien hast du?«

»Aber ja doch. Ich habe die Fantasie, Sex in der Öffentlichkeit zu haben oder an ungewöhnlichen Orten. Mit achtzehn hatte ich mit einem Jungen Sex in der Umkleidekabine im Kaufhaus. Das war wirklich der Hammer. Das Gefühl, jederzeit erwischt zu werden. Aber seit damals habe ich das nicht mehr erlebt, aber ich male mir halt immer wieder ungewöhnliche Orte aus. Hin und wieder schaue ich mir auch Pornos an, doch die meisten sind ja nur für Männer gemacht, aber es gibt auch tolle Frauenpornos. Das hat bei mir mal die Lust daran geweckt, mit einem Lover und mir, einen Porno selbst zu drehen.«

»Das hätten wir damals mal machen sollen, mit Jörg und Wolfgang damals. Ich glaube, den Film würde ich mir heute immer noch gerne anschauen.«

»Mein Gott, ich wusste nicht, dass meine Freundin Neele solche Fantasien hat.«

»Wie sind wir denn überhaupt auf dieses Thema gekommen?«

»Ich weiß es auch nicht. Fandest du das schlimm, dass wir so offen über Sex gequatscht haben?«

»So gut, wie wir zwei uns kennen, ist das ja wohl kein Problem.«

»Außerdem bin ich der Meinung, lass uns gleich über das Thema Sex reden, denn früher oder später kommen wir ohnehin auf das Thema.«

Freitag, 10. Juli, morgens

Als Markus und Helga morgens die Polizeistation betraten, informierte Hanke, dass der Wirt vom Restaurant Heelbutten eine Anzeige wegen Zechprellerei erstattet hatte. Die Beschreibung des Gastes ähnelt der Personenbeschreibung von Krämer.

»Das wird er sein«, vermutet Markus, »irgendwie wird er sich ja verpflegen müssen und da er kein Geld hat....«

»Wie hoch ist die Summe, die er sich ergaunert hat?«, fragte Helga.

»Das waren 29,60 Euro«, antwortet Hanke.

Markus meinte energisch: »Wir müssen den Kerl finden, der bescheißt nicht nur Restaurants, der vergewaltigt und ich glaube, dass er auch der Mörder von Rolf ist.«

»Lasst uns klären, wie wir unsere Aktivitäten organisieren und planen«, Markus strotzte voll Tatendrang, »es gibt drei Themen. 1. Wie und wo finden wir Eva? 2. Wo steckt Krämer? Und 3. Was ist mit den Drogen? Gab es auf Juist einen Drogenfund? Ist das für uns relevant? Zunächst müssen wir das Ganze priorisieren. Welche der drei Fragen sollte die Wichtigste sein?«

Schnell sind sich die Beteiligten einig. Die höchste Priorität hat die Suche nach Krämer. Er ist sowohl der Verdächtige in Vergewaltigungsfall Heike Wolfram und außerdem hat er wahrscheinlich auch Rolf Siemann ermordet.

Obendrein ist er bewaffnet. Er ist hochgradig gefährlich.

Die Suche nach Eva kommt an zweiter Stelle. Sie war real auf der Insel, wahrscheinlich ist sie noch da. Sie muss befragt werden, da sie Rolf Siemann bedroht hat. Eventuell steckt sie hinter seiner Ermordung.

Mit dem eventuell angeschwemmten Rauschgift ist es so eine Sache. Es kam lediglich der Verdacht auf, dass es auf Juist einen solchen Fund gegeben habe. Es gibt aber keinerlei Hinweise darauf, dass Rauschgift tatsächlich angeschwemmt wurde.

»Also fangen wir mit dem Krämer an«, Markus will endlich vorwärtskommen und wirkt etwas ungeduldig.

»Vielleicht hat er sich mit seiner Pistole erschossen«, mutmaßte Hanke.

»Das glaube ich eher nicht, das entspricht nicht dem, was wir bisher von ihm wissen«, widersprach Helga.

»Wo kann man sich hier auf Juist verstecken?«, fragte Markus.

»Hier bei uns wird in der Feriensaison nicht gebaut. Baustellen ruhen also zurzeit. Das heißt, wenn er ein Haus findet, das umgebaut oder neu gebaut wird, kann er sich darin gut verstecken«, überlegte Hanke.

»Vielleicht schläft er ja nachts einfach in den Dünen«, meint Helga.

»Könnte uns eventuell ein Hubschrauber bei der Fahndung helfen?«, doch dann korrigierte

Markus seinen Vorschlag selbst. »Das ist Quatsch, bei der Menge von Touristen hier. Welche Möglichkeiten hat er denn, hier von der Insel herunterzukommen? Die Fähren mal ausgenommen.«

»Sich heimlich auf eine Fähre zu schmuggeln, geht das?« Helga grübelte darüber nach.

»Das ist schwierig, dazu muss man die Verhältnisse sehr gut kennen. Das schließe ich bei Krämer aus«, erklärte Hanke.

»Er könnte sich auf einem anderen Schiff, zum Beispiel auf einem Fischerboot, verstecken.«

»Oder ein Motorboot, einfach klauen«, sagte Markus.

Hanke stimmte zu: »Ja, das ginge.«

»Oder er versucht, sich nach Norderney oder Borkum abzusetzen. Meinst du, das würde gehen?«, wendet sich Helga an den Ortspolizisten.

Hanke nickte: »Wenn er ein Schiff findet.«

»Was ist mit der Vogelinsel Memmert? Da fährt doch das Schiff Wappen von Juist hin«, will Helga wissen.

»Erst später, Ende August, wenn die Vögel ihre Brut beendet haben«, erklärt Hanke, dem die Verhältnisse gut vertraut waren, »vorher kann man da nicht hinfahren. Offiziell zumindest nicht. Wenn er ein Motorboot klaut, dann schon. Auch der Inselvogt Enno Janßen kommt häufiger mit seinem Boot nach Juist.«

Alle überlegten weiter.

»Ist euch etwas aufgefallen, alle Ideen drehen sich immer wieder um Boote, oder Schiffe. Mit dem Flugzeug von hier zu flüchten, halte ich für unmöglich. Dazu benötigt er seinen Ausweis und den haben wir gefunden. Welche der gefundenen Ideen haltet ihr für die wahrscheinlichste?«

Nach längerem Hin und Her einigt man sich darauf, dass der Diebstahl eines Bootes eine wahrscheinliche Lösung sei, ohne die anderen völlig auszuschließen.

»Ich schlage vor, Hanke und ich fahren mit dem Quad den Strand ab und schauen uns um und du Helga, gehst mal zum Heelbutten, vielleicht kannst du dort noch etwas mehr erfahren. Mehr Anhaltspunkte haben wir noch nicht.«

Die beiden Männer setzten sich in das Quad und fuhren über die Sandstraße zu den Dünen und dort den Abgang hinunter. Sie beschlossen direkt unterhalb der Dünen durch den Sand zufahren. Sie fuhren langsam und kurvten um Strandkörbe, die dort zu hunderten standen, langsam in westliche Richtung.

Hanke hatte plötzlich eine Idee: »Wir könnten doch die Strandkorbvermieter mal fragen, vielleicht ist denen etwas Verdächtiges aufgefallen.«

»Der Vorschlag gefällt mir«, Markus war begeistert.

Direkt beim ersten Verleih stoppten sie und fragten einen Mitarbeiter: »Moin. Wir suchen einen Mann, der sich vermutlich irgendwo hier auf der Insel versteckt hat. Ist ihnen hier irgendetwas aufgefallen? Gibt es etwas Auffälliges bei ihren Strandkörben?«

Als der Mitarbeiter verneinte und erklärte, dass alles in Ordnung sei, fuhren beide weiter.

Freitag, 10. Juli, gegen 10 Uhr

Krämer wurde in der Nacht immer wieder wach. Er fand am Abend einen Strandkorb, der zwar mit einer Plane verschlossen war, die sich allerdings leicht öffnen ließ. Da der Strandkorb innen nicht sehr viel Platz bot, kauerte er sich auf den Sitz und zog die Plane wieder zu, damit er von außen nicht erkannt werden konnte. Es war schon sehr unbequem, aber als die Müdigkeit ihn übermannte, schlief er ein. Allerdings schreckten ihn Geräusche am Strand immer wieder auf. Es war eine fürchterliche Nacht und er beschloss, falls sich keine andere Lösung bieten würde, die nächste Nacht nicht wieder im Strandkorb zuzubringen. Gegen 10 Uhr verließ er sein Versteck und ging den Weg durch die Dünen hoch zur Strandpromenade. Dort nutzte er die öffentliche Toilettenanlage und das Waschbecken, um sich mit etwas kaltem Wasser im Gesicht zu erfrischen. Erst jetzt merkte er, dass sein Magen knurrte und er überlegte, wie er das Problem lösen könnte. Er folgte der Strandpromenade ein kurzes Stück und bog dann Richtung Dorf ab. Er kannte dort einen Lebensmittelmarkt und ging hinein. Von seinem Geld kaufte er sich ein paar Brötchen, eine Tüte mit abgepackten Pfefferbeißern und eine Flasche Mineralwasser. Er bezahlte und auf der Straße fand er vor einem Modegeschäft eine Sitzbank. Er hockte sich hin und frühstückte erst einmal nach Herzenslust. Plötzlich sah er einen Mann, der ein paar Meter entfernt auf der Straße stand und ihn offensichtlich beobachtete. Jetzt bloß nicht hektisch reagieren, dachte er. Wer ist das? Er grübelte und war sich dann aber sicher, den Mann hatte er noch nie gesehen.

Der Mann kam näher und sprach ihn an: »Moin. Ik hebb sehn, dat du daar nett en Wurst ettst. Weetst du egentlik, wat all in de Wurst in is? Du sullst di nämlich alltied informeren, wenn du wat nich weetst«

»Reden sie gefälligst Hochdeutsch!«, herrschte ihn Krämer an.

Als er dann schrie: »Sind sie so ein Vegan-Spinner oder Gesundheitsfreak?«, wurde klar, dass er sehr wohl verstand, was der Duddkopp gesagt hatte.

»Du sullst di nämlich alltied informeren, wenn du wat nich weetst«, wiederholte der Duttkopp, »dat hett mi de Froo Pastoor seggt«, der Duddkopp schaute ganz entspannt auf Krämer, der seinen angebissenen Pfefferbeißer in der Hand hielt.

»Hauen sie bloß ab, Mensch!«, schrie Krämer den Duddkopp an und als er merkte, dass sein Brüllen die Aufmerksamkeit von Passanten erregte, stand er selbst auf und ging Richtung Kurplatz. Krämer hoffte, dass er in der Menge der Touristen nicht auffallen würde.

Um den Schiffchenteich herum saßen viele Menschen, fast alle Bänke waren belegt. Er setzte sich auf eine Bank, auf der er Platz fand und schaute auf die Plastiktüte mit den Pfefferbeißern. Jetzt las erst einmal die Zutaten-Liste durch, konnte aber nichts finden, was ihn misstrauisch gemacht hätte. Er grübelte noch einen Augenblick nach, was der Typ da wohl gemeint haben könnte. Dann widmete er sich wieder seinen Lebensmitteln und frühstückte in aller Ruhe zu Ende.

Die Frau, die neben ihm saß, sprang plötzlich auf und lief zu ihrem Sohn, der gerade versuchte auf die Umrandung vom Schiffchenteich zu klettern. Sie hob ihn wieder herunter und versuchte ihm klarzumachen, dass das eine gefährliche Aktion für ihn gewesen sei. Der Kleine fing an zu weinen und Mama tröstete ihn.

Krämer schaute zur Seite und entdeckte die Handtasche neben sich. Die war geöffnet und er erkannte ein Portemonnaie, das obenauf lag. Unbemerkt griff er hinein, stahl die Geldbörse, stand auf und ging schnellen Schrittes in Richtung Strandstraße. Er war ziemlich schnell unterwegs. Direkt hinter dem Rathaus befand sich ein Toilettenhäuschen. Er ging hinein, schloss sich ein und sichtete erst einmal seine Beute. Einhundertzwanzig Euro, sind nicht schlecht, urteilte er und auch die EC-Karte war nicht zu verachten. Das Geld steckte er in die eigene Tasche. Leider fand er keine Aufzeichnungen, aus denen er die PIN der Karte entdecken konnte. Deshalb ließ er die EC-Karte in der Geldbörse und warf die und den Rest des Inhalts in den nächsten Papierkorb.

Als er sich einigermaßen sicher fühlte, schlenderte weiter durch den Ort und blieb vor einem Geschäft stehen, in dem man Geschenkartikel und auch Modeartikel kaufen konnte. Direkt neben der Eingangstür stand ein drehbarer Kleiderständer, an dem diverse Shirts in unterschiedlichen Größen und Farben hingen. Krämer stellte sich an die Hauswand, drehte die T-Shirts an sich vorbei und als er ein gelbes Shirt in seiner Größe fand, nahm er es vom Kleiderbügel herunter und schob es klammheimlich unter seine Kleidung.

Er schaute sich um, niemand schien den Diebstahl bemerkt zu haben. Befriedigt von seinem Erfolg ging er in Richtung Dünen die Strandstraße hinauf.

An der Strandpromenade bog er ostwärts ab, lief am Restaurant Hohe Düne vorbei, in dem ziemlich viel Betrieb herrschte. Etwas später entdeckte er auf einem Werbeschild die Aufschrift Cafe del Mar, ein Restaurant mit spanischen Spezialitäten.

Hier war es auch nicht so voll und er ging zunächst auf die Toilette, um sich sein neues T-Shirt anzuziehen. Das Preisschild hatte er schnell abgerissen. Er warf es, zusammen mit seinem alten T-Shirt, in den Papierkorb der Toilette. Krämer glaubte, da er jetzt anders bekleidet war, würde er damit anders aussehen und hoffte nicht so schnell erkannt zu werden.

Er setzte sich danach an einen Tisch im Freien und bestellte sich eine Tapas-Auswahl und wieder ein Bier, obwohl ihm der Service einen Wein empfohlen hatte.

Freitag, 10. Juli, früher Nachmittag

Markus und Hanke hatten die Kontrollfahrt am Strand beendet und waren ohne neue Erkenntnisse in die Polizeistation zurückgekehrt. Auch Helga war schon lange zurück.

Etwas Ratlosigkeit machte sich breit, als man feststellte, dass es keinerlei neu Erkenntnisse gab. Markus schlug vor, die Überwachungsaktivitäten auf den Hafen zu konzentrieren. Die anderen stimmten zu und arbeiteten gemeinsam einen Plan aus.

Polizeihauptkommissar Haferland, der sich zu den anderen gesetzt hatte, schlug vor, die Freiwillige Feuerwehr der Insel mit in die Überwachung einzubeziehen. Er rief den Gemeindebrandmeister der Insel an und erklärte ihm, dass sie fünf bis sechs Feuerwehrleute benötigen würden. Der war zunächst etwas ungehalten und erklärte:

»Lieber Eike, ich weiß nicht, wie du dir das vorstellst. Bei der Feuerwehr sind ausschließlich Freiwillige aktiv. Die haben alle noch einen kleinen Nebenjob. Wir haben jetzt Hauptsaison auf Juist und so gut, wie alle haben mit unseren Gästen hier auf der Insel zu tun. Die können nicht einfach ihren Arbeitsplatz verlassen.«

Haferland war ziemlich kleinlaut und antwortete:

»Ich bin dessen bewusst. Ich wollte mit dir darüber reden, in welchen Schwierigkeiten wir stecken. Vielleicht finden wir gemeinsam eine Lösung.«

Der Gemeindebrandmeister lenkte ein und versprach ein paar Freiwillige zu fragen:

»Vielleicht klappt ja was, ich kann aber noch nichts versprechen.«

Eine Stunde später rief er wieder an und gab vier Namen von Mitgliedern der Freiwilligen Feuerwehr durch, die ihrerseits erst einmal mit ihren Arbeitgebern oder Familien die Situation abklären mussten.

Haferland schaute auf seine Uhr und bat ihn, die Freiwilligen zu informieren, dass sie, wenn möglich, gegen 15 Uhr in der Polizeistation eintreffen sollten. Es würde auch nicht sehr lange dauern.

Markus begann zu singen: »My mind raced and I thought, what shall I do? And I knew, there was no help, no help from you, sound of the drums beating in my heart«, er hörte auf, als er bemerkte, dass Helga und Hanke ihn kritisch beäugten.

»Ich nehme an, das war wieder AC/DC?«, meinte Helga.

»Ja, war es. Das war Thunderstruck. Ich liebe den Song.«

»Ja du vielleicht. Mich hat es jetzt eher gestört. Wenn ich den Text richtig übersetze, glaubst du offensichtlich nicht daran, dass die Freiwilligen von der Feuerwehr uns wirklich helfen können. Oder wie war das gemeint?«, fragte Helga nach.

»Ich bin da tatsächlich etwas unsicher. Der Krämer ist bewaffnet, das ist viel zu gefährlich, wenn da irgendwas passiert. Ich habe mich noch nicht endgültig entscheiden.«

»Was haltet ihr davon, wenn die Freiwilligen lediglich eine Beobachterrolle bekommen? Die werden wir nur strategisch am Hafen verteilen, ich denke dazu müssten zwei oder drei Freiwillige reichen. Die sollten auch keine Uniform tragen, sondern zivile Kleidung. Und wenn denen eine verdächtige Person auffällt, sollen die uns sofort per Telefon oder Sprechfunk verständigen. Die sollen in keinem Fall eingreifen oder den Krämer auch nur ansprechen«, Helga war richtig in Fahrt.

Auch Haferland hielt den Vorschlag für großartig. »So machen wir es.«

»Helga, wenn ich dich nicht hätte«, Markus war begeistert, »so machen wir das«, wiederholte er Haferlands Aussage.

Um 15 Uhr kamen drei Freiwillige. Der Vierte musste leider wieder absagen.

Markus und Helga wiesen sie ein. Das Fahndungsfoto und die Personenbeschreibung von Krämer wurden verteilt und die Freiwilligen in ihre Beobachterrolle eingewiesen. Eine Beobachtungsstation sollte im Hafengebäude und eine weitere im Gebäude der Seenotrettungsstation eingerichtet werden. Letztere war der wichtigste Punkt, denn dieser Posten lag direkt am Zugang zu den Sportbooten, die dort am Steg lagen. Da heute Abend keine Fähre mehr rausging, wurde beschlossen, für die kommende Nacht ausschließlich den Posten in der Seenotrettungsstation zu besetzen. Zwei Beobachter wurden eingeteilt, die die Aufgabe sofort antreten sollten. In der Nacht sollte eine Ablösung stattfinden und morgen früh ab 8 Uhr alle drei Beobachtungsposten besetzt werden.

Zum Schluss der Einweisung sagte Markus: »Vielleicht kennen sie den Witz ja«, und schaute in die neugierigen Gesichter der Anwesenden, »Fragt ein Polizist einen Zeugen: Sie haben doch gesehen, wie der alte Mann von dem Kerl verprügelt wurde. Wieso haben sie denn nicht geholfen? Der Zeuge antwortet: Ich dachte, der schafft das allein!«

Alle lachten über den Witz.

Und Markus erklärt dazu: »Ihr macht das genau wie der Zeuge. Ihr beobachtet nur und wenn ihr etwas wahrnehmt, ruft hier sofort an. Was dann kommt, das schaffen wir allein. Auf keinen Fall greift ihr ein. Verstanden?«

Alle nickten und stimmten zu.

Freitag, 10. Juli, nachmittags

Krämer lief wieder unten am Strand entlang in Richtung Westen. Vorher hatte er noch etwas eingekauft, heute Abend wollte er nicht in einem Restaurant speisen. Sein Essen und ein paar Flaschen Bier trug er in einer Einkaufstasche, die er im Markt erworben hatte. Er ging relativ gemütlich, weil er darüber nachdachte, wo er übernachten könne. Auf keinen Fall wieder in einem Strandkorb. Er war überzeugt davon, dass er eine Lösung finden würde. Als er Steimers Strandbar erreichte, überlegte er erst, dort noch ein paar Drinks zu sich zu nehmen, entschied sich dann aber weiterzugehen, das Risiko entdeckt zu werden, war ihm zu groß. Er ging den Weg hinauf Richtung Strandpromenade und suchte dort noch die öffentliche Toilette auf. Dann schlug er den Weg Richtung Billstraße ein. An der Stelle, wo der Schoolpad abknickte, war eine Bank, auf der er sich ausruhte, um weiter nachzudenken. Als er sich umschaute, entdeckte er in ca. 100 m Entfernung eine große Lagerhalle, vor der gerade ein Mann arbeitete und dann im Inneren verschwand.

Das machte ihn neugierig, er erhob sich und marschierte durch fußhohes Gras in Richtung Halle. Als er die Halle erreichte, sah er, dass die Tür weit geöffnet war. Er konnte hören, dass sich der Mann offenbar im Hintergrund an irgendwelchen Geräten zu schaffen machte. Vorsichtig näherte er sich dem Eingang.

Plötzlich kam der Mann aus der Halle. Krämer versteckte sich hinter einem Strandkorb, der vor der Halle stand. Der Mann holte etwas aus einem Lastenfahrrad, dass vor dem Eingang stand und verschwand dann wieder in der Halle.

Krämer konnte sehen, wie der Mann in der hinteren Ecke verschwand und hörte, dass er dort mit Werkzeugen hantierte. Als er merkte, dass der Mann ihn nicht sehen konnte, ging Krämer in die Halle hinein, setzte sich in einen der dort stehenden Strandkörbe und schloss die Abdeckung.

Nach ca. einer Stunde hatte der Mann seine Arbeit beendet, die Halle verlassen und die Tür geschlossen.

Krämer hatte die mitgebrachten Speisen inzwischen verdrückt und in seiner Tüte waren noch drei Flaschen Bier.

Im Inneren der Halle war es mittlerweile dunkel, da auch kein Restlicht in das Gebäude drang. Eine Lampe hatte er nicht bei sich und da er Nichtraucher war, konnte er auch keine Streichhölzer oder ein Feuerzeug nutzen. Krämer tastete sich durch den dunklen Raum und erreichte irgendwann wieder die Tür.

Er probierte, die Tür zu öffnen. Vergeblich, die Tür war verschlossen. Der Arbeiter hatte ihn der Strandkorbhalle eingesperrt. Zunächst wollte er laut fluchen, riss sich dann aber zusammen, weil er fürchtete entdeckt zu werden. Er fügte sich in sein Schicksal und war sich sicher, dass er am nächsten Morgen eine Lösung finden werde.

Krämer hatte sich inzwischen an die Dunkelheit gewöhnt. Schemenhaft konnte er Gegenstände erkennen. Vorsichtig tastete er sich durch die Dunkelheit. Zunächst stieß er gegen einen Strandkorb und als er einen weiteren entdeckte, riss er bei beiden die Sitze heraus und baute sich daraus eine provisorische Liege. Die Biervorräte lieferten ihm die nötige Bettschwere und irgendwann schlief er dann ein.
Als Krämer am Morgen erwachte, merkte er, dass durch Fenster im Dach Licht in die Halle fiel und er jetzt keine Mühe mehr hatte sich zu orientieren. Er stand auf und ging zur Tür. Die Tür war offensichtlich so konstruiert, dass sie sich nur von außen mit dem Schlüssel öffnen ließ. Krämer schaute sich um. In der Lagerhalle wurden offensichtlich Strandkörbe gelagert. In einer Ecke war auch eine Werkstatt, in der die Besitzer ihre Strandkörbe reparieren konnten. Krämer fand einen größeren Hammer, nahm sich einen Meißel und versuchte, damit die Scharniere der Tür mit Gewalt zu entfernen. Die Hammerschläge waren weit zu hören.

Östlich von der Halle verlief ein Strandübergang, der in den Damenpfad mündete. Von der Strandpromenade lief der Duddkopp den Weg hinunter und summte ein Lied. Nach dem Frühstück mit seiner Mutter war er ein Stück spazieren gegangen. Er genoss das herrliche Wetter und spürte den Wind, der heute sehr sanft wehte, als angenehme Brise durch sein Hemd. Er atmete die salzige Luft tief ein und fühlte sich richtig wohl. Duddkopp wohnte in der Dellertstraße, dorthin wollte er zurück. Plötzlich hörte er die lauten Hammerschläge aus der Lagerhalle, an der er dicht vorbeilief.

Der Duddkopp war von dem Lärm überrascht, blieb stehen und nach dem er feststellte, woher der Krach rührte, ging er langsam auf die Halle zu. Das laute Gehämmer störte ihn. Er wollte die Ursache des Lärms erkunden. Kurz vor dem Gebäude blieb er stehen und rief laut:

»Hallo, hallo, wat maakst du daar binnen?«

Sofort verstummten die Hammerschläge.

»Hallo, hallo!«, brüllte der Duddkopp erneut. »Koom daar so tomaal rut!«

In der Halle gingen die Schläge weiter und plötzlich fiel die Tür mit lautem Getöse auf die Erde. Krämer hatte es geschafft, er war wieder frei.

Er rannte aus der Halle heraus und hätte den Duddkopp fast umgerannt.

Krämer stutzte kurz, weil ihm der Mann irgendwie bekannt vorkam, lief dann aber mit großer Geschwindigkeit an ihm vorbei.

Der Duddkopp holte sein Handy aus der Hose und wählte die Nummer der Polizeistation: »Moin, ik bün hier boven an de Hall an de Damenpadd. Hier is wat nich in d‘ Rieg. Hier hett well de Döör köttmaakt.«

Hanke nahm das Gespräch an und wusste gleich, welchen Ort der Duddkopp gemeint hatte. Er verständigte sofort Markus, Helga und Haferland.

»Ich bin sicher, das war Krämer. Wir haben eine Spur von ihm, endlich.«

Als Markus und Helga in der Polizeistation eintrafen, hatte Haferland bereits veranlasst, dass alle Beobachtungsposten ihren Dienst am Hafen aufnahmen.

Als Markus und Helga mit dem Quad die Strandkorbhalle erreichten, winkte ihnen der Duddkopp zu.

»Gau, de Keerl will mit sien Hamer alls köttmaken. Mit de Döör hett he dat al klaarkregen.«

»Wo ist er denn hingelaufen? In welche Richtung?«, wollte Helga wissen.

»Dat hebb ik nich sehn, umdat ik mit de Schandarms telefoneert hebb. Daarna weer de Keerl weg.«

»Danke, sie haben uns sehr geholfen«, Markus war froh, endlich eine Spur von Krämer zu haben.

Krämer lief inzwischen über die Strandpromenade, weil er dort viel schneller laufen konnte, als im Sand. Er war ohne konkreten Plan einfach losgerannt. Nur weg. Plötzlich erschrak er. Wo ist meine Pistole? Er suchte sie und war sehr froh, als er entdeckte, dass sie nach wie vor, noch immer in seinem Hosenbund steckte. Ihm wurde plötzlich klar, dass er durch seine Rennerei sehr auffällig unterwegs war. Sollte man ihn suchen, könnte man ihn besser entdecken. Er wollte in keinem Fall auffallen, hatte aber noch keinen Plan. Er schaute sich um und stellte fest, dass er nicht verfolgt wurde. Daraufhin ging er dann normalen Schrittes in Richtung Dorfmitte, erreichte den Schiffchenteich und setzte sich auf eine der Bänke.

Ihm fiel auf, dass er genau auf der Bank Platz nahm, auf der er die Mutter mit dem Kind beklaut hatte. Aber das machte ihm keine Sorgen, er musste zunächst einfach seine Gedanken ordnen. Er überlegte, wie er von dieser blöden Insel herunterkommen könne.

Samstag, 11. Juli, gegen Mittag

Gerd Rinderhagen verließ die Meyenburg, schwang sich auf sein Fahrrad und strampelte die Billstraße hinunter in Richtung Hafen. Er war guter Dinge, denn alle Appartements in seinen Häusern waren vermietet und da die meisten Gäste Wiederholungstäter waren, pflegte er gute Beziehungen zu fast allen. Seine gute Laune wurde noch dadurch verstärkt, dass seit zwei Tagen sein Sohn, die Schwiegertochter und sein Enkeltöchterchen Linn zu Besuch in der Meyenburg & Gerd's Höft waren.

Da er die Familie nicht so oft sah, versuchte er alles, um ihnen das Leben auf Juist zu versüßen. Seiner Enkeltochter hatte er versprochen, mit ihr heute einen Bootsausflug zu machen. Sein Ziel war der Hafen, denn er wollte sein Boot, die ‚Blue Devil' klarmachen. Gerd fuhr vor, weil er etwas Vorbereitungszeit benötigte. Sein Sohn wollte dann die Kleine später zum Hafen bringen. Dort angekommen stellte er sein Fahrrad ab und ging Richtung Yachthafen, denn dort war die ‚Blue Devil' festgemacht. Über die Schwimmsteganlage erreichte er sein Boot und nahm zunächst das Äußere in Augenschein. Alles war in bester Ordnung. Er entfernte die Persenning und verstaute sie unter Deck. Bis auf die Vorderleine löste er die Verbindung, zum Land. So konnte er schnell und alleine ablegen.

Da er das Schiff schon längere Zeit nicht mehr benutzt hatte, begann er damit, es zu säubern, denn er wollte sich ja vor Linn nicht blamieren.

Markus und Helga fuhren inzwischen am Strand entlang und hofften den Krämer zwischen den vielen Badegästen zu entdecken. Sie hatten ihr Augenmerk auf Männer mit einem gelben T-Shirt gerichtet, denn so hatte ihn der Duddkopp noch beschrieben, bevor sie sich auf die Suche machten. Eigentlich, dachte Markus, müsste ja ein gelbes Shirt weithin sichtbar sein. Zumal die meisten Menschen am Strand kein Oberteil trugen. Gelbe T-Shirts waren doch eher selten. Meistens waren es Frauen, die damit bekleidet waren. Die Männer, die ein gelbes Shirt trugen, waren schnell überprüft, aber es war schon auf größere Entfernung zu erkennen, dass der gesuchte Krämer nicht dabei war.

Bei Markus klingelte das Handy. Es war der Beobachtungsposten in der Seenotrettungsstation. Eine aufgeregte Stimme rief: »Hier läuft gerade ein Mann, auf den die Beschreibung passt. Er trägt zwar andere Klamotten, aber das Bild passt. Er trägt jetzt ein gelbes T-Shirt. Das könnte er sein!«

Sofort lenkten sie das Quad in Richtung Hafen. Jetzt oder nie.

Samstag, 11. Juli, früher Nachmittag

Er war so weit. Gerd Rinderhagen hatte die ‚Blue Devil' überprüft. Alles funktionierte, der Außenborder war heruntergefahren und lief im Leerlauf, die Tankanzeige zeigte „Halbvoll“. Das sollte für eine Tour rund um die Insel Memmert mit der Enkelin reichen.

Seine Enkelin Linn würde jeden Augenblick kommen. Gerd blickte auf die Uhr und fühlte sich bestätigt, es war so weit. Er stieg aus dem Boot auf den schmalen Fingersteg, der zum Hauptsteg führt, um seinem Sohn, der die kleine Linn bringen wollte, entgegenzugehen.

Auf dem Hauptsteg bis zum Yachtclub-Gebäude war es nicht weit, nur ein paar Meter.

Als er, noch auf dem Steg stehend, die vordere Leine vom Boot etwas verlängern wollte, damit der Rumpf nicht am Steg scheuert, spürte er plötzlich eine Hand im Genick. Dann sah er die Hand mit der Pistole seitlich an seinem linken Arm.

Ein Mann in einem gelben T-Shirt stand vor ihm und fuchtelte mit einer Pistole herum und zischte ihn an, um nicht von anderen Leuten bemerkt zu werden:

»Ich gehe jetzt an Bord deines Schiffes«, der Mann zeigte auf die ‚Blue Devil', die Gerd gerade verlassen hatte.

Der Motor lief noch, der Täter zwang Gerd mit der Pistole, ihm sofort die Vorderleine, die er noch in der Hand hielt, zu übergeben. Als er die Vorderleine in der Hand hielt, sprang Krämer mit einem langen Satz auf das schon abtreibende Boot. Der starke Westwind drückte das Boot in die Mitte der Wasserfläche zwischen den Stegen, sodass er nicht rückwärts herausfahren musste. Krämer hatte schnell bemerkt, dass er nur den Griff der Kupplung an der Bordwand rechts ziehen musste und schob den Hebel neben dem Steuerrad nach vorn. Das Boot nahm sofort Fahrt auf. Die Radsteuerung war sehr leichtgängig, und so steuerte er die Blue Devil „sicher“ aus dem Yachthafen in das Hauptfahrwasser.

Gerd wollte sich und andere nicht in Gefahr bringen. Er war froh, dass seine Enkelin noch nicht erschienen war.

Krämer spürte, dass das Boot mehr und mehr Power entwickelte und er war mächtig stolz, dass er den Bullen auf der Insel entkommen war. Ihm war bewusst, dass er noch nie ein Boot gesteuert und auch ansonsten keine Ahnung von den Regeln des Schiffsverkehrs hatte. Dass er außerdem keinerlei Revierkenntnisse des Gewässers vor ihm besaß, war ihm völlig egal. Es kann ja nicht so schwer sein, so ein kleines Boot bis nach Norddeich zu steuern. Auf das Festland wollte er, endlich weg von dieser verdammten Insel. Ganz kurz kam ihm mal der Gedanke in den Kopf, nach Norderney zu fahren, aber diese Idee fand er dann wieder bescheuert, denn Norderney ist ja schließlich auch eine Insel. Als Markus und Helga mit dem Quad im Hafen ankamen, waren auch Eike Haferland und Hanke eingetroffen. Gerd Rinderhagen hielt seinen Sohn und die Enkeltochter im Arm, er war sehr benommen, als ihm klar wurde, in welcher Gefahr er soeben gesteckt hatte. Sie sahen Krämer gerade noch, wie er weit draußen mit der ‚Blue Devil' zu entkommen versuchte.

»Welche Möglichkeiten gibt es, den wieder einzufangen?«, frage Markus, »der darf uns nicht entkommen.«

Eike Haferland schlug vor, den Polizeihubschrauber anzufordern.

»Bis der hier ist«, Helga zögerte, »ist Krämer über alle Berge, denn der braucht doch auf direktem Weg nur noch 30 Minuten, schätze ich.«

»Ich habe bereits die Polizei in Norden verständigt, die werden versuchen, Krämer abzufangen«, Haferland hatte alle Hebel in Bewegung gesetzt.

»Was ist da mit dem Seenotrettungsboot«, Markus zeigte auf das Schiff der Deutschen Gesellschaft zur Rettung Schiffbrüchiger, das direkt vor Ihnen lag, »können wir das nicht nutzen? Damit wären wir doch um einiges schneller. Oder?«

»Das können wir nicht, Schiffe der DGzRS dürfen ausschließlich zur Seenotrettung eingesetzt werden. Wir müssen in diesem Fall unsere eigenen Mittel, also die Mittel der Polizei benutzen«, Haferland kannte sich aus.

»So ein bürokratischer Scheiß!«, Markus fluchte.

»Das ist kein bürokratischer Scheiß«, Gerd Rinderhagen schaltete sich ein, »bedenken sie, wenn wir das Schiff nutzen würden und gleichzeitig wäre ein Mensch hier im Watt oder in der Nordsee in Not.«

»Ja, ich weiß ja«, Markus hatte sich wieder im Griff, »ich will ja nur nicht, dass uns der Krämer entkommt.«

»Das Wetter meint es auch nicht sonderlich gut mit uns.«

Inzwischen hatte sich der Himmel zugezogen. Dunkle Wolken kamen aus nordwestlicher Richtung und es begann leicht zu regnen.

»Mir ist es etwas kalt, habe meine Jacke in der Polizeistation vergessen, ich gehe schnell zurück und hole sie.«

Helga beeilte sich, denn sie wollte unbedingt sehen, was weiter passieren würde.

Wenn das Wasser im Wattenmeer zurückgeht und sich daher der Meeresspiegel senkt, bezeichnet man das als ablaufendes Wasser oder auch Ebbe. Das hat zur Folge, dass im Wattenmeer das Watt trockenfällt. Von der Bedeutung dieses Naturphänomens hatte Krämer keine Ahnung. Er wusste auch nichts von der Bedeutung der Pricken. Das sind Stangen, die in den Grund gesteckt werden und am oberen Ende mit zusammengebundenen Zweigen gekennzeichnet sind. Damit werden den Schiffsführern die Fahrwasserrinnen aufgezeigt.

Krämer hatte mit dem entwendeten Boot das Ende des Leitdamms erreicht, der vom Hafen aus in Richtung Süden verlief. Bei Flut wird der Leitdamm vom Wasser verdeckt, aber bei Ebbe kann man ihn gut erkennen. Krämer orientierte sich an diesem Damm.

Er wusste, dass er so nach dem Damm nicht einfach gerade aus nach Süden weiterfahren konnte. Krämer erinnerte sich an die Wattführung mit der Jugendgruppe, bei der der Wattführer, bei herrlich klarem Wetter, ihnen die ostfriesische Festlandsküste erklärt hatte. Genau im Süden von Juist liegt Emden mit der Emsmündung und Norddeich liegt deutlich weiter östlich. Also links halten. Krämer sah links, von Osten ein Segelboot in der Ferne, welches auf ihn und die Hafeneinfahrt zusteuerte. Als er das Ende des Dammes erreicht hatte, nahm er Kurs auf das Segelboot. Der Motor lief sauber, es war genug Wasser unter dem Kiel und so hatte er den Segler schnell erreicht. Krämer sah nach einiger Zeit, dass er sich schon langsam dem Ende der Insel Juist näherte. Er musste den Kurs ändern, wenn er tatsächlich nicht doch nach Norderney wollte. Krämer glaubte rechts in südlicher Richtung Norddeich zu sehen. Er drehte das Steuer in diese Richtung und hielt mit dem Boot darauf zu.

Das ging auch eine ganze Zeit gut.

Krämer wunderte sich, dass er manchmal schleifende Geräusche hörte und das Boot manchmal etwas ruckte. Wahrscheinlich hat der Bootsbesitzer irgendwie Probleme mit dem Motor, mutmaßte er. Die ‚Blue Devil' hatte zwar einen Tiefgang von 90 Zentimetern, aber außerhalb der Fahrrinne war das lange nicht mehr genug.

An der Wasseroberfläche waren weiße Wellenkämme zu erkennen. Krämer wusste nicht, dass jetzt wohl die eine oder andere untiefe Stelle zum Vorschein kommen würde.

Plötzlich ein Ruck, ein „Aufprall" der Motor wurde mit einem Knall aus seiner Verankerung gerissen und durch einen Riss im Bootsrumpf drang Wasser ins Boot. Die Blue Devil war mit Vollgas auf einer Sandbank aufgelaufen.

Der Aufprall auf der Sandbank führte dazu, dass Krämer aus dem Boot geschleudert wurde und im flachen Wasser landete.

Krämer war kurzzeitig etwas benommen, rappelte sich jedoch wieder auf und versuchte, auf der, von einem sehr seichten Wasser überspielten Sandbank zu laufen. Der weiche Treibsand, in dem er fast beim Laufen stecken blieb, ließ ihn nur langsam fortbewegen. Nach einer kurzen Wegstrecke wurde das Wasser wieder tiefer und ging ihm bis zur Brust. Er versuchte zu schwimmen und da er vorher schon entdeckte, dass vor ihm in einiger Entfernung das Festland und Gebäude zu sehen waren, glaubte er, dass er es bis dorthin schwimmend schaffen könne. Er hatte offensichtlich einen Priel erreicht, der tieferes Wasser führte, aber auch eine starke Strömung.

Haferland, der immer noch mit den anderen Polizisten, vor dem Gebäude des Yachtklubs stand, hatte mit einem Fernglas den Flüchtenden beobachtet und rief plötzlich: »Der sitzt fest, er hat sich offensichtlich auf einer Sandbank festgefahren!«

Im selben Augenblick hörten sie den Hubschrauber, der vom Festland herkommend, das Wattenmeer absuchte.

»Jetzt kriegen wir ihn!«, Markus jubelte und alle Beteiligten versuchten zu erkennen, was vor ihnen passiert war.

Ein Mitarbeiter der Seenotrettung kam plötzlich aus dem Gebäude und rief:

»Der Hubschrauber hat sich gemeldet, sie haben das Boot entdeckt, aber von Krämer fehlt jede Spur. Wir müssen raus, bevor der da draußen ersäuft.«

Das Seenotrettungsboot ‚Hans Dittmer' war schnell startklar und außer dem Team der DGzRS waren noch Markus und Hanke an Bord.

Zielstrebig fuhren sie zu der Stelle, an der sie das havarierte Boot von Gerd Rinderhagen entdeckten. Der Hubschrauber kreiste direkt über ihnen und versuchte den Schiffbrüchigen zu entdecken. Das war nicht ganz so einfach und es dauerte eine kleine Ewigkeit bis sich der Pilot im Hubschrauber meldete. Die Strömung hatte Krämer ein ziemliches Stück abgetrieben. Die Hubschrauberbesatzung dirigierte die ‚Hans Dittmer' und kurze Zeit später war das Schiff direkt neben Krämer, der völlig erschöpft im Wasser trieb.

Über eine Bergungspforte in Höhe des Wasserspiegels wurde Krämer an Bord gezogen. Sofort eingeleitete Erste-Hilfe-Maßnahmen führten dazu, dass Krämer wieder zu sich kam, nachdem er eine größere Menge Wasser erbrochen hatte. Helga zog ihm schnell die Pistole aus seinem Hosenbund und fand dann mal wieder die richtigen Worte, als Krämer ansprechbar war.

»Herr Krämer, sie können doch nicht einfach das Wattenmeer aussaufen.«

Markus Niemand konnte jetzt endlich aussprechen, was er schon viel früher vorgehabt hatte: »Herr Krämer, sie sind verhaftet.«

Samstag, 11. Juli, später Nachmittag

In der Polizeistation hockte Krämer wie ein Häufchen Elend auf einem Stuhl. Man hatte ihm Gelegenheit gegeben sich abzutrocknen und ein paar trockene Kleidungsstücke waren auch schnell aufgetrieben. Markus hatte den Verhafteten ordnungsgemäß belehrt und ihn auf seine Rechte hingewiesen. Zusammen mit Helga übernahmen beide das Verhör und stellten die Fragen.

»Wo waren sie am Mittwoch, 1. Juli?«

»Ich bin als Betreuer hier, mit einer Schulklasse. Wir sind in Loog untergebracht. Ich habe da meinen Job gemacht. Habe mich also um die Schüler gekümmert.«

»Auch am Mittwochabend?«

»Ja, wahrscheinlich.«

»Wir wissen von Herrn Sewing, dass sie sich an diesem Abend freigenommen haben. Also, wo waren sie?«

»Meinen sie ernsthaft, dass ich das noch weiß? Das ist ja schon bald zwei Wochen her.«

»Sie waren an dem Abend im Krullerkopp. Geben sie es zu.«

Markus' Stimme wirkte sehr energisch.

»Krullerkopp? Was soll das sein? Kenn ich nicht.«

Helga wird aggressiver: »Hören sie auf mit dem Mist. Wenn sie das nicht zugeben wollen, werden wir eine Gegenüberstellung mit den vorhandenen Zeugen veranlassen. Wollen sie uns und ihnen den Quatsch nicht ersparen?«

»Welche Zeugen haben sie denn?«

»Na zum Beispiel den Wirt im Krullerkopp, die Frau, die sie vergewaltigt haben und andere Augenzeugen aus dem Lokal.«

»Kann sein, dass ich in dieser komischen Kneipe war. Ich erinnere mich aber nicht mehr so genau. Und vergewaltigt habe ich auch niemanden.«

»Sie haben aber eindeutig einer Frau KO-Tropfen in deren Getränk gegeben und als die sich dann nicht mehr wehren konnte, haben sie die Frau in die Dünen verschleppt und vergewaltigt. Geben sie das zu?«

»Ich gebe gar nichts zu. Die Frau wollte ja mit mir vögeln, die ist ganz freiwillig mitgegangen. Die war einfach supergeil auf mich.«

»Am liebsten würde ich ihnen jetzt was in die Schnauze hauen«, Helga ist völlig außer sich, »ich darf es leider nicht, aber wir haben genügend Beweise. Sie sind ein altes Dreckschwein. Aber sorry, das darf ich ja auch nicht sagen.«

»Und außerdem sind sie ein Mörder!«

Knallhart tischte ihm Markus diese Anklage auf.

Krämer erstarrte.

»Was bin ich? Ich habe niemanden ermordet. Wie kommen sie denn darauf? Wen soll ich ermordet haben? Die Frau hat nach dem Sex noch gelebt. Oder ist sie etwa tot?«

»Nein, nicht die Frau, die lebt und ich möchte der gar nicht zumuten, ihnen noch einmal gegenüberzutreten. Wenn sie das mit der Vergewaltigung gestehen, ohne dass wir das Opfer noch einmal mit ihnen zusammenbringen müssen, kann sich das vor Gericht nur zum Vorteil für sie auswirken.«

»Wie, was ist mit dem Mord? Wen soll ich ermordet haben?«

»Wo waren sie am Freitag, den dritten Juli, am Vormittag?«

Krämer war von der Mordanschuldigung völlig überrascht und eher bereit bei den gestellten Fragen die Wahrheit zu sagen, in der Hoffnung, dann besser bei allem wegzukommen.

»Da war doch die Wattwanderung, oder?«

»Genau, sie waren mit Schülern ihrer Schulklasse bei einer Wattwanderung. Dabei wurden sie von einem jungen Mann angesprochen, der beobachtet hatte, wie sie Liquid Ecstasy in das Getränk der Frau geschüttet haben. Stimmt das?«

»Ja, der wollte mit mir reden. Wir haben uns dann für den nächsten Abend verabredet und uns an der Domäne in Loog getroffen.«

»Was ist da passiert, als sie sich trafen?«

»Der wollte mich erpressen. Der hatte etwas gesehen und wollte Geld, damit er die Klappe hält.«

»Wie viel Geld wollte er?«

»Er sagte, mindestens 30.000 Euro, der Spinner.«

»Was haben sie dann gemacht, nach seiner Geldforderung?«

»Nichts, ich habe ihm gesagt, dass ich mir das durch den Kopf gehen lassen werde. Ich wollte Zeit gewinnen und habe ihn gebeten, dass er mir ein paar Tage Zeit geben müsse. Zunächst müsste ich klären, wo ich das Geld herbekomme. Und dann haben wir uns für den Dienstag verabredet. Dienstag, den 7. Juli. Ich wollte da zu ihm kommen, aber er wollte mir seine Adresse nicht geben. Da er wusste, dass ich in dem Heim mit der Schulklasse bin, wollte er da hinkommen. Dann hätte ich ihm etwas angeboten, aber nie im Leben 30.000. Aber der Typ kam nicht mehr. Wahrscheinlich hat er kalte Füße bekommen.«

»Das stimmt, er hat inzwischen kalte Füße bekommen.«

Markus ahnte nicht, dass die Doppeldeutigkeit seiner Bemerkung von Krämer nicht verstanden wurde.

»Wie meinen sie das?«, fragte Krämer irritiert.

»Der Mann hieß Rolf Siemann. Und kalte Füße hat er, weil er nach dem Gespräch mit ihnen getötet wurde. Er wurde ermordet. Von ihnen!«

Krämer sprang auf und schrie: »Nein, nein, ich habe den nicht ermordet.«

»Was ist denn nach dem Gespräch passiert?«, wollte Helga wissen.

»Ich ging wieder zurück ins Ferienheim, das war's. Der hat hundertprozentig noch gelebt, als ich ging. Ehrlich. Sie müssen mir das glauben.«

»Und was hat der Rolf gemacht, als sie gingen?«

»Der stand da noch. Ich habe mich rumgedreht und bin gegangen. Ich konnte nicht sehen, was der gemacht hat.«

»Ihre Pistole, die sie bei sich trugen, haben wir unserer Kriminaltechnik übergeben. Die Ergebnisse der Untersuchung werden uns mehr zeigen.«

»Zurück zu der Vergewaltigung. Das mit den KO-Tropfen, haben sie das schon häufiger gemacht? Frauen Tropfen ins Getränk geben und wenn die dann keine Kontrolle mehr über sich haben, sie dann vergewaltigt?«

»Nein, das habe ich noch nie gemacht, hier zum ersten Mal.«

»Herr Krämer, wir haben vorhin von ihnen Fingerabdrücke genommen. Die stimmen überein, mit den Abdrücken in ihrem Zimmer im Ferienheim. Auch auf der Kleidung ihres Vergewaltigungsopfers hier auf Juist haben wir ihre Abdrücke gefunden.«

»Auf der Kleidung Fingerabdrücke? Das geht doch gar nicht.«

Krämer hatte schon wieder Oberwasser und war sich seiner Behauptung sehr sicher.

»Wissen sie Herr Krämer, auch die Polizei benutzt neue Verfahren, die von der Wissenschaft entwickelt werden. Mit der Vakuum-Metallisierung können wir inzwischen auch auf Kleidungsstücken Fingerabdrücke nachweisen. Wenn sie in Zukunft irgendwann mal wieder die Möglichkeit haben, etwas zu googeln, dann können sie das gerne mal nachlesen. Vakuum-Metallisierung heißt die Methode.«

Markus setzte seine Worte an Krämer fort.

»Wir werden ihnen auch weitere Taten zur Last legen. Sie haben die Zeche geprellt, sie haben einer Frau am Schiffchenteich die Geldbörse geklaut und das gelbe T-Shirt, das sie tragen, ist wahrscheinlich auch nicht redlich erworben worden. Aber jetzt kommt es. Über ihre Fingerabdrücke konnten wir ermitteln, dass sie im Raum Kassel auch mindestens zweimal zugeschlagen haben. Wir suchen natürlich auch nach weiteren, nicht aufgeklärten Sexualverbrechen. Und wenn wir ihnen dann noch den Mord nachweisen können, dann wird das mit dem googeln vielleicht erst in fünfundzwanzig Jahren möglich sein.«

»Wir werden sie morgen einem Untersuchungsrichter vorführen und der wird mit Sicherheit Untersuchungshaft für sie anordnen.«

Helga konnte ihren Triumph nur schwer verbergen.

Am nächsten Morgen wurde Krämer vom Hubschrauber abgeholt und nach Aurich geflogen.

Ein Untersuchungsrichter verhängte, nach Einsicht der Akten, sofort Untersuchungshaft gegen Krämer.

Samstag, 11. Juli, abends

Helga hatte ihrem Kollegen erklärt, dass sie sich an diesem Abend mit ihrer Freundin, bei der sie ja auch wohnte, verabredet hätte.

»Bist du sauer, weil ich dich allein lasse?«, fragte sie. Sie schmunzelte, denn ihre Frage war nicht ganz so ernst gemeint.

Markus lächelte sie an und sagte:

»Dann hör dir diese Geschichte mal an. Ein Porsche Fahrer fährt mit überhöhter Geschwindigkeit durch den Ort. Er wird von einem Streifenwagen verfolgt. Nach einer wilden Verfolgungsjagd stoppt er schließlich. Der Polizeibeamte meint: 'Da brauchen Sie jetzt aber eine verdammt gute Ausrede, mein Herr!' Daraufhin der Porschefahrer: 'Also, meine Frau ist letzte Woche mit einem Polizisten durchgebrannt. Als ich ihr Polizeiauto im Rückspiegel sah, dachte ich, Sie wollten sie mir zurückbringen!'«

Helga lachte, fragte dann aber: »Was hat der Witz jetzt mit mir zu tun?«

»Ich hoffe sehr, dass du morgen in aller Frühe wieder zurückgebracht wirst, es muss ja nicht von der Polizei sein. Ich wünsche dir einen schönen Abend.«

»Danke, das wünsche ich dir auch.«

Markus bedankte sich, es passte ihm sogar ganz gut, denn er wollte ohnehin gerne auch mal einen Abend allein verbringen. Nach einem kleinen Snack als Abendessen im Lütjen Teehuus wollte er einfach in Ruhe die herrliche Atmosphäre genießen.

Irgendetwas blitzte in seinen Augen. Irritiert schaute Markus auf und bemerkte den kleinen Handspiegel, der die Sonnenstrahlen direkt in seine Augen reflektierte. Jetzt erst nahm er von ihr Notiz, die den Spiegel in den Händen hielt. Sie schaute völlig teilnahmslos in eine andere Richtung und tat dann so, als würde sie in dem Spiegel den Zustand ihres geschminkten Gesichtes überprüfen.

Markus musste lachen. Als sie plötzlich aus ihren Augenwinkeln zu ihm herüberschielte und seinen Blick bemerkte, sah sie blitzschnell wieder weg. Das bestärkte seine Vermutung. Sie machte das mit voller Absicht.

Sie saß nur ca. 3 Meter von ihm entfernt, an einem der Tische, die vor dem Teehuus in der späten Nachmittagssonne auf weitere Besucher zu warten schienen, nippte gelegentlich an ihrer Tasse und hielt den Spiegel immer noch in ihrer Hand, der zwischenzeitlich noch zwei-dreimal, wie unabsichtlich, die Sonne in das Gesicht von Markus lenkte.

Markus wollte eigentlich allein sein und nachdenken und hatte eine Kanne Ostfriesentee bestellt, aus der er schon die zweite Tasse eingeschenkt hatte und genoss hingebungsvoll das warme Getränk. Er spürte, dass die Anmachversuche der Lady ihn nicht kaltließen. Markus versuchte seine Gedanken auf den Mordfall zu konzentrieren, was ihm nicht sonderlich gut gelang, denn er war durch die schöne Unbekannte abgelenkt.

Jetzt betrachte er sie genauer, so wie Männer eine Frau ansehen, die ihr Interesse geweckt haben.

Vierzig ist sie, dachte er, höchstens fünfundvierzig. Ihre dunkle Haarpracht hing bis auf die Schultern herunter. Ihre Haut, war angenehm braun. Sie ist schon länger hier auf der Insel, schoss es ihm durch den Kopf. Oder Solarium oder gut geschminkt, setze er seine Überlegungen fort. Sie trug eine dunkelrote Bluse, die ihre Figur vorteilhaft betonte. Sie war nicht superschlank und auch nicht dick, aber sehr wohlproportioniert.

Seine Gedanken wurden unterbrochen, als sie plötzlich aufstand und in Richtung Eingangstür des Restaurants ging. Beim Gehen betrachtete er jetzt zum ersten Mal ihren Hintern und die Beine, die bisher unter dem Tisch verborgen geblieben waren.

Er seufzte bedauernd, denn als sie im Teehuus verschwand, war ihm klar, sie zahlt wahrscheinlich jetzt und geht dann.

Und du Idiot hast sie nicht mal angesprochen, beschimpfte er sich in Gedanken und die Realität verdrängte seine erotischen Fantasien. Der Tee in seiner Tasse war schon längst kalt geworden, doch er beschloss noch zu warten. Er wollte sie wenigstens noch einmal sehen, wenn sie wieder herauskommen würde.

Es dauert nicht lange, da kam sie. Jetzt sah er sie von vorn, eine attraktive Frau. Sie lächelte selbstbewusst und ihr Gang war unbeschreiblich weiblich. Sie ging am Tisch, an dem sie ursprünglich saß, vorbei und steuerte schnurstracks auf Markus zu.

Ein Adrenalinstoß durchfuhr ihn und er wagte kaum zu atmen, als sie direkt vor ihm stehen blieb, sich nach vorn beugte und ihre Hände auf seinen Tisch stemmte.

Er wagte nur einen kurzen Blick in ihren Ausschnitt, gut erzogen schaute er dann in ihre braunen Augen.

»Darf ich mich zu Ihnen setzen?«, fragte sie mit einer Stimme, die ihm eine angenehme Gänsehaut verschaffte.

So ein Mist, dachte er, ich bin bestimmt puterrot im Gesicht. Dabei wollte ich doch eigentlich cool sein.

»Gerne. Bitte, nehmen sie doch Platz«, hörte er sich sagen.

Sie setzte sich ihm gegenüber und lächelte: »Ich hätte mir gewünscht, dass sie mich ansprechen, denn lange genug haben sie mich ja betrachtet.«

Ihre Stimme gefiel ihm, denn der Klang war angenehm tief, genau konnte er nicht zuordnen, aus welcher Gegend sie kam, Markus identifizierte eher etwas Norddeutsches im Klang der Stimme. Sie lächelte weiter und schaute ihn herausfordernd an.

Soviel Draufgängertum bei einer Frau war ihm schon lange nicht mehr begegnet, aber es gefiel ihm irgendwie.

»Darf ich sie zu einem Tee einladen?«

»Nein, danke«, sagte sie, »ich hatte gerade selbst eine Kanne Tee getrunken. Aber ich möchte mir gerne Juist ansehen. Ich bin nämlich erst seit gestern hier und hatte noch keine Gelegenheit mehr von der Insel zu sehen.«

Und nach einer kurzen Pause des Schweigens: »Haben sie Lust und Zeit, mich zu begleiten, mir etwas von Juist und seinen Sehenswürdigkeiten zu zeigen?«

Dann ergänzte sie erschrocken: »Sie kennen sich doch hoffentlich hier aus? Oder bin ich ihnen zu aufdringlich?«

Langsam gewann Markus seine Selbstsicherheit zurück.

»Welche Frage soll ich zuerst beantworten? Also gut, ich habe Zeit und würde sie gerne mit ihnen verbringen. Ich zeige ihnen gerne etwas von dem, was ich hier kenne. Ich bin allerdings auch erst ein paar Tage hier.«

Die Fremde lachte erleichtert.

»Das ist ganz toll, ich freue mich riesig. Übrigens, sie müssen nicht von mir denken, dass ich das öfter so mache und einfach fremde Männer anquatsche, aber ich fühlte mich ziemlich allein hier und als ich sie sah, waren sie mir gleich sehr sympathisch. Sie wissen ja noch nicht einmal, wie ich heiße. Ich heiße Ursula, wollen wir uns mit du anreden?«

»Hallo Ursula«, sage er, »ich heiße Markus.«

»Markus, das ist ein schöner Name«, übernahm sie sofort wieder die Regie des Gesprächs.

»Übrigens, mir gefällt es, wie du meinen Namen aussprichst, aber bitte sag Urs zu mir, meine Freunde nennen mich alle so.«

»Urs«, er schmolz langsam dahin.

Warum sollte er sich dagegen sträuben? Die Kellnerin kam, Markus zahlte seinen Verzehr, beide erhoben sich von ihren Plätzen. Alles spielte sich wie in einer zweiten Wirklichkeit ab, seine ganze Konzentration, alle Aufmerksamkeit, seine Augen und Ohren galten Urs.

»Was interessiert dich denn besonders hier auf der Insel?«

Urs strahlte ihn mit ihrem süßesten Lächeln an: »Im Augenblick, du...!«

Ihm lief ein Schauer über den Rücken, als er bemerkte, dass sich ihre Brustwarzen deutlich unter ihrer Bluse abzeichneten. Fasziniert davon, konnte er den Blick nicht von ihren Brüsten lassen.

»Und du scheinst dich auch für unbekannte Gefilde zu interessieren«, meinte sie vielsagend.

Sie nahm ihn einfach bei der Hand und wollte ihn hinter sich herziehen. Inzwischen gab er auf, jeder Widerstand war zwecklos. Im Gegenteil, er begehrte sie.

»Warte«, sagte Markus und hielt sie zurück. Sie blieb stehen und schaute ihn erwartungsvoll an. Dann kam sie lächelnd auf ihn zu und begann ihn, ohne Ankündigung zu küssen.

Als ihm bewusstwurde, dass sie mitten Januspark standen, schaute er sich erschrocken um, doch niemand schien ihr Liebesspiel beobachtet zu haben.

»Kommst du jetzt«, flüsterte Urs ihm ins Ohr, »ich wohne nicht weit weg, mein Hotel ist gleich da vorn, um die Ecke.«

Sie hielten sich an den Händen und liefen schnellen Schrittes in Richtung Ortsmitte. Als er fast rennen wollte, bremste sie ihn.

»Langsam Markus, deine Kräfte solltest du dir besser einteilen, die brauchst du noch«, meinte sie vielsagend und setzte wieder ihr betörendes Lächeln auf.

Markus kam erst langsam wieder dazu, seine Umwelt mit allen Sinnen wahrzunehmen, als er hörte, wie Urs hinter sich die Tür ihres Hotelzimmers schloss. Sie kam auf ihn zu und küsste ihn erneut. Seine Zunge drang durch ihre Lippen, er spürte ihre Zunge und wie zwei Schlangen im Liebesspiel, rangen beide miteinander.

Wie von Sinnen steuerten beide auf das breite Doppelbett zu und blieben unmittelbar davor stehen. Er spürte, wie Urs seinen Gürtel öffnete und seine Hose nach unten rutschte.

Ihm ging durch den Kopf, dass Männer im Hemd und ohne Hose irgendwie lächerlich aussehen und er begann sein Hemd aufzuknöpfen, um es auszuziehen.

Wie sich Urs ihrer Kleidung entledigte, bemerkte er gar nicht richtig, nur ihre totale Nacktheit, die er plötzlich überall spürte.

»Markus«, sagte sie leise, aber bestimmt, »lass dich einfach fallen, entspann dich, konzentriere dich einfach auf deine Lust. Jetzt bist du dran, ich erst später.«

Obwohl er es kaum aushielt und sie unbedingt lieben wollte, spürte er, dass Widerstand zwecklos war und er gab sich ganz seinen Gefühlen hin.

Als Markus wieder langsam zu sich kam, bemerkte er die Dunkelheit draußen. Es mussten ein paar Stunden vergangen sein, ihm war klar, dass er wohl eingeschlafen war und sah auf seine Uhr:

Fast zweiundzwanzig Uhr, sprach er leise zu sich selbst. Jetzt registrierte er auch wieder den warmen Körper von Urs in seinen Armen.

»Bist du wach?«, fragte sie und ohne seine Antwort abzuwarten, fuhr sie fort, »eigentlich wollte ich mit dir erst einen Sekt oder Champagner trinken, bevor wir uns lieben«, flüsterte sie ihm ins Ohr.

»Kein Problem«, sagte er, »ich bestelle uns eine Flasche beim Room Service.«

»Immer mit der Ruhe«, meinte sie, »wir haben noch so viel Zeit. Und von dir habe ich ja erst nur ein wenig kennengelernt. Ich möchte die Inselführung mit dir fortsetzen und noch viel mehr entdecken. Wollen wir?«

Sein Nicken konnte sie nicht mehr sehen, weil sie sich bereits rumdrehte und ihm ihr prachtvolles Hinterteil entgegenstreckte. Welch eine Sehenswürdigkeit.

Sonntag, 12. Juli, vormittags

»Hallo, Helga, guten Morgen. Alles ok bei Dir.«

Helga schaute ihm tief in die Augen und konnte sich eines Schmunzelns nicht erwehren.

»Du weißt doch, bei mir ist immer alles klar«, jetzt lachte sie, »aber du siehst aus, als hättest du ziemlich gesumpft. Du hast Verlobungsringe unter den Augen.«

Markus blieb todernst, als er sagte: »Ich habe nur an meiner Statistik gearbeitet.«

»Welche Statistik?«

Doch dann fiel es ihr wieder ein. »An deiner Bumms-Statistik, du willst ja schließlich an die zwei- bis dreimal Sex pro Woche kommen. Ich weiß. War es denn wenigstens schön?«

»Ein Kavalier genießt und schweigt.«

»Das Wort Kavalier kommt doch ursprünglich von dem Wort Reiter her. Da kommen mir jetzt aber Bilder in den Kopf....«

»Ich wusste gar nicht, dass du eine so ausgeprägte Fantasie hast. Was meinst du, wollen wir uns mal wieder auf unseren Job konzentrieren?«

Helga musste nicht antworten, denn in diesem Augenblick kamen sowohl Hanke als auch Eike Haferland in den Raum.

Hanke präsentierte eine Nachricht aus Aurich. Markus und Helga erfuhren, dass die Kriminaltechnik das Handy des Ermordeten weiter ausgewertet und interessante Informationen fand.

Da gibt es unter anderem einen Hinweis darauf, dass Rolf während seiner Tätigkeit als Rettungsschwimmer beobachtete, dass jemand einen Sack vom Strand aufhob, der nicht gleich erkennbar war, weil der Sand ihn etwas verdeckte. Der Mann hob den Sack auf und trug ihn weg. Das war Ende Mai, in diesem Jahr.

Später las Rolf einen Pressebericht über angeschwemmtes Kokain in Paketen oder Seesäcken und machte sich seinen Reim darauf. Irgendwann begann er nachzuforschen, wer der Finder gewesen sein könnte.

Haferland, der die ganze Zeit nachgedacht hatte, sagte:

»Ich habe folgende Vermutung: Der Rettungsschwimmer Siemann beobachtet, dass ein Mann Drogenpakete oder Drogensäcke am Strand findet und mitnimmt. Wir wissen nicht, welche Menge Drogen gefunden wurden. Wir wissen allerdings, dass ein Kilogramm Kokain einen Straßenverkaufswert von ungefähr fünfzigtausend Euro hat. Siemann bekommt irgendwie heraus, wer das Zeug fand, nimmt Kontakt zu dem auf und startet einen Erpressungsversuch oder will einen Anteil an den Drogen. Daraufhin findet der Drogenbesitzer den Siemann und erschießt ihn.«

Helga schaltet sich ein: »Das kann gut so sein, sehr wahrscheinlich sogar. Dazu kommt noch die Aussage von Stefan Kieler, dem Rettungsschwimmer und Kollegen von Rolf. Der Kieler hat doch ein Telefonat mitbekommen, in dem von Kokain und 50.000 Euro die Rede war. Das könnte doch genau die Erpressung gewesen sein.«

»Davon bin ich inzwischen auch überzeugt, nur wir benötigen dazu noch eine Menge an Fakten, an Beweisen. Unsere Vermutungen reichen nicht.«

»Wie können wir herausfinden, ob es auf Juist tatsächlich diesen Drogenfund gab? Wenn ja, wie finden wir heraus, wo dieses Kokain jetzt ist? Und wenn wir das wissen, wie finden wir den jetzigen Besitzer heraus?«

Helga wirkt sehr angespannt und schaut in die Runde.

»Kann uns ein Drogenhund helfen?«, will Hanke wissen.

»Ich glaube nicht, dass das sinnvoll ist. Dazu brauchen wir mehr Anhaltspunkte, wo mit dem Hund nach Drogen gesucht werden sollte.«

Bevor Markus etwas sagen konnte, hatte Haferland einen interessanten Vorschlag.

»Wir könnten doch auf Juist das Gerücht verbreiten lassen, dass beobachtet wurde, dass hier jemand eine größere Menge an angespülten Drogen fand und wir inzwischen verstärkt nach dem Finder suchen, wir hätten sogar ein Bild von dem.«

»Und was ist, wenn der Finder gar kein Juister war, sondern ein Tourist, der mit dem Kokain inzwischen über alle Berge ist?«, Helga zweifelt.

»Ich glaube nicht, dass der über alle Berge ist. Wenn wir davon ausgehen, dass der Finder des Rauschgifts auch der Mörder ist, dann war es jemand, der bestimmt noch hier ist. Der Stefan Kieler, der Rettungsschwimmer hat uns erzählt, dass das Telefonat, bei dem es offensichtlich um Kokain ging, am Dienstag, 23.06. stattfand. Das war also vor 19 Tagen. Ich glaube, dass derjenige, mit dem er telefonierte, noch auf Juist ist. Entweder Einwohner oder Tourist.«

Markus' Argumente finden allgemeine Zustimmung.

Das Telefon der Polizeistation klingelt, Hanke meldet sich und die anderen hören Hanke sprechen:

»Was, eine Pistole?«

»Wo wurde sie gefunden?«

»Und sie haben bisher noch nichts angerührt?«

»Gut, bitte bleiben sie genau dort stehen. Fassen sie nichts an. Wir kommen sofort, wir sind in fünf Minuten bei Ihnen.«

Nachdem er aufgelegt hatte, erklärte er, dass in den Dünen, in der Nähe der Strandpromenade am Kurhaus eine Pistole gefunden wurde.

»Der Anrufer, ein Mann, steht jetzt noch neben der Waffe und hat nichts angerührt. Er wartet auf uns. Ich fahre jetzt sofort los. Wer fährt mit?«

Helga stand sofort auf und die beiden fuhren mit dem Quad los.

Markus wandte sich an Haferland: »Ich fand ihren Vorschlag hervorragend. Ihre Idee mit dem Gerücht. Ich habe allerdings einen ergänzenden Vorschlag. Wenn wir verbreiten würden, dass jemand auf Juist Drogen gefunden hat und jetzt wäre die Mafia, der ursprüngliche Besitzer der Drogen auf dem Weg hier her, um dem Finder das alles wieder abzunehmen. Dann könnte es sein, dass der Finder nervös wird, kalte Füße bekommt und dann könnte das bei ihm zur Unsicherheit, das heißt zu Fehlern führen. Was halten sie davon?«

»Das ist eine tolle Idee.«

»Wie können wir das denn hier auf Juist verbreiten? Haben sie eine Idee?«

Haferland überlegte einen Augenblick lang. So etwas hatte er auch noch nie gemacht. Aber dann hatte er die Lösung.

»Na klar, wir haben doch noch unsere Feuerwehr. Vor der versammelten Mannschaft verkünden wir, dass da etwas gefunden wurde und wir Informationen über den Finder der Drogen haben und dass die Mafia hinter dem Finder her ist. Dann bitten wir die Feuerwehr, den eigenen Bekanntenkreis zu informieren. Ich wette mit ihnen, morgen weiß das die gesamte Inselbevölkerung und die meisten Touristen dazu.«

»Finde ich auch gut, obwohl wir dann einen riesigen Drogentourismus nach Juist auslösen könnten. Wie bei den Goldsuchern im Yukon.«

Haferland und Markus lachen und Markus meint: »Der Zweck heiligt die Mittel.«

Sonntag, 12. Juli, mittags

Helga und Hanke kamen zurück. Am Fundort der Waffe wurden Spuren gesichert. Die Waffe und die gesicherten Spuren wurden verpackt und einem Boten der Polizeiinspektion Aurich, der mit einem Polizeiboot kam und gleich darauf zurückfuhr, mitgegeben.

Am Nachmittag stand Eike Haferland vor ca. 20 Mitarbeitern der Freiwilligen Feuerwehr. Das waren natürlich längst nicht alle, aber nach seiner Meinung reichte die Anzahl völlig aus. Er erläuterte allen, dass die Polizei Beweise für einen Drogenfund auf Juist hätte, dass die Mafia auf Juist nach den Drogen sucht und dass es ein Foto gäbe, das vermutlich den Finder zeigen würde. Die Polizei rechnet mit einer Verhaftung des Täters innerhalb von drei Tagen. Zum Abschluss bittet er die Anwesenden darum, in ihrem Bekanntenkreis darüber zu berichten, und zu bitten, mögliche Beobachtungen sofort zu melden.

Als er zur Polizeistation zurückkehrte und von seiner Aktion berichtete, erntete er nicht nur Zustimmung. Aber man war sich einig, jetzt erst einmal abzuwarten, was bei der Geschichte herauskommen würde.

Schon am Abend konnte man die Geschichte auf Facebook und Twitter nachlesen.

Markus kommentierte: »Die Geister, die ich rief, ...«

»Oh, der Herr zitiert Goethe, den Zauberlehrling«, kam es etwas spöttisch von Helga.

»Nicht ganz, auf die Gefahr, dass du mich Klugscheißer nennst, das korrekte Zitat würde heißen 'Die ich rief, die Geister, werd' ich nun nicht los’, Ordnung muss sein.«

Helga hatte inzwischen ein altes Zeitungsblatt zusammengeknüllt und warf den Papierball ihrem Kollegen an den Kopf.

Markus lachte laut, der Ball traf ihn so, wie Helga es wollte. Nur Helga konnte plötzlich nicht mehr lachen.

»Komm mal her, schau dir das mal an.«

Markus ging um den Tisch herum und stellte sich neben seine Kollegin.

»Schau da, diese Bild. Ist sie das?«

Vor Helga lag eine Tageszeitung, die NWZ. Helga hatte soeben eine Seite abgerissen, um ihren Kollegen mit dem zerknüllten Ball zu bewerfen. Und auf der Seite, die darunter sichtbar wurde, konnte man das Bild einer sehr blonden Frau erblicken. Darunter stand zu lesen, dass Eva Krahlmann interviewt wurde und nur in höchsten Tönen von der tollen Insel Juist erzählt hatte. Außerdem war zu lesen, dass die Dame im Hotel Schaumkrone wohnen würde.

»Ist sie das?«, wiederholte Helga ihre Frage.

»Das kann gut sein, ich habe selten eine dermaßen blonde Frau gesehen. Los, auf, wir fahren hin zum Hotel Schaumkrone.«

»Da es nicht sehr weit ist, lass uns laufen. Hotel Schaumkrone liegt von hier aus direkt hinter der evangelischen Kirche. Da sind wir schnell.«

Sie marschierten los und hatten nach zwei Minuten das kleine Hotel erreicht. Im Hotel befragten sie eine junge Dame an der Rezeption nach Eva Krahlmann.

»Die ist vor wenigen Minuten auf ihr Zimmer gegangen.«

»Würden sie bitte Frau Krahlmann anrufen und sie bitten herunterzukommen. Wir müssen dringend mit ihr reden. Sagen sie ihr bitte nur, dass sie jemand sprechen will.«

Die Rezeptionistin rief an und sagte dann den beiden: »Sie kommt sofort.«

Nur wenige Augenblicke später war zu hören, wie jemand die Treppe herunterrannte und laut rief: »Rolf? Hallo Rolf!«

Dann stand eine wasserstoffsuperblondierte junge Frau vor den beiden Polizisten und fragte. »Wo ist Rolf? Entschuldigung, der Rolf ist gar nicht hier, oder?«

Helga sagte: »Nein, Rolf ist nicht hier.«

Markus und Helga stellten sich als Polizisten vor und fragten die Rezeptionistin, ob sie sich kurz in den Speiseraum setzen dürften.

Helga übernahm sofort die Initiative: »Sie haben eben laut ‚Rolf' gerufen. Welchen Rolf meinten sie?«

»Na meinen Freund, Rolf Siemann.«

»Wann haben sie Rolf Siemann zum letzten Mal gesehen?«

»Wieso fragen sie das alles? Ist was mit Rolf?«

»Bitte, wann haben sie ihn zuletzt gesehen?«, hakt Markus nach.

»Heute ist Sonntag, Moment, das war gestern vor einer Woche. Warum fragen sie mich danach?«

»Wo trafen sie sich mit Rolf an diesem Tag?«

»In Loog, er hat dort immer Dienst, er ist doch Rettungsschwimmer. Ich bin immer mit dem Rad zu ihm gefahren, fast jeden Tag, wenn er Dienst hatte.«

»Was haben sie gemeinsam gemacht, wenn sie in Loog waren?«, Markus wartete gespannt auf Antwort.

»Meistens sind wir in der Kiste gelandet und haben gebumst, nur an dem Samstag nicht. Da hatten wir ziemlich Zoff miteinander.«

»Was war der Grund für den Zoff?«

»Rolf hat mir immer erklärt, dass er mich liebt. Er hatte mir erzählt, dass er vor mir mit einer Tussi auf Juist rumgemacht hätte, aber mit der wäre jetzt Schluss. Und dann liegen wir zwei am Strand und haben geknutscht und da steht plötzlich diese Tussi da. Da habe ich erst gemerkt, dass er mit der immer noch was am Laufen hat. Da war ich stinksauer und dann gabs den Zoff.«

»Und was war danach? Nach dem Zoff?«, Helga ließ nicht locker.

»Da bin ich mit meinem Rad wieder nach Juist gefahren, in mein Zimmer, habe mich aufs Bett geschmissen und fast die ganze Nacht geflennt.«

»Und danach haben sie Rolf nie wieder gesehen?«, jetzt stellte Markus die Frage.

»Nein, als sie vorhin mit mir reden wollten, dachte ich, Rolf wäre hier und wir könnten uns wieder versöhnen.«

»Wir müssen ihnen leider mitteilen, dass Rolf tot ist.«

»Was?«, Eva schrie laut auf. Die Rezeptionistin kam, um nach dem Rechten zu sehen.

»Frau Krahlmann, es ist leider so, es tut uns leid, Rolf ist tot.«

»Was ist denn passiert, bitte, nein.«

»Was passiert ist? An dem Tag, an dem sie den Zoff mit ihm hatten, wurde er abends ermordet. Wir haben erfahren, dass sie ihm gedroht hatten, ihn umzubringen. Stimmt das?«

»Rolf ermordet, wieso das denn? An dem Abend, an dem wir den Streit hatten? Scheiße, wer hat das denn gemacht?«

»Wir dachten, dass sie das gewesen sein könnten, sie haben doch gedroht, ihn umzubringen. Ich habe gerade schon mal gefragt: Stimmt das?«

»Ich habe Rolf doch nicht umgebracht. Ja, kann sein, dass ich so was gesagt habe, als ich wütend war. Das sagt doch jeder mal: Ich bringe dich um, aber so was macht man doch nicht. Also, ich habe das nicht gemacht. Wirklich nicht.«

»Haben sie eigentlich eine Waffe?«, fragte Markus etwas arglistig.

»Was für eine Waffe? Ich habe Pfefferspray, so eine Spraydose. Meinen sie so was?«

»Rolf wurde ermordet im Watt gefunden, das hat sich inzwischen hier auf der ganzen Insel herumgesprochen. Nur sie wollen noch nichts davon gehört haben?«

»Ach der Tote, den sie im Watt gefunden haben, das war Rolf?«

»Ja, das war Rolf. Frau Krahlmann, wie lange sind sie noch hier auf Juist? Wann reisen sie wieder ab?«

»Morgen in einer Woche, also am 20. fahre ich wieder heim nach Hannover.«

»Bitte geben sie uns noch ihren Personalausweis.«

Eva rückt den Ausweis heraus und Helga notiert sich alle notwendigen Daten aus dem Ausweis.

Sie spricht dann weiter: »Bitte reisen sie nicht vorher ab. Wir werden sie mit großer Wahrscheinlichkeit noch einmal sprechen müssen. Der Tatverdacht gegen sie hat sich im Moment nicht erhärtet, wir neigen dazu ihren Aussagen zu glauben. Aber, wie gesagt, bitte nicht ohne unsere Zustimmung abreisen.«

Sonntag, 12. Juli, nachmittags

Als sie das Hotel Schaumkrone verließen, schaute Helga auf die Uhr.

»Es ist gerade einmal 15:00 Uhr. Heute können wir ohnehin nichts mehr erreichen. Was hältst du davon, wenn wir uns für den Rest des Tages Zeit für uns nehmen und abschalten?«

»Das klingt gut«, Markus stimmte sofort zu, »abschalten finde ich ohnehin sehr wichtig. Was schlägst du vor? Wollen wir am Strand chillen oder sogar in der Nordsee baden?«

»Ich habe eine bessere Idee, wir holen uns Fahrräder und fahren zur Domäne Bill. Da haben wir ein wenig sportliche Betätigung, sehen noch etwas von der Insel und essen den berühmten Rosinenstuten. Da hätte ich jetzt so richtig Lust dazu.«

»Ich danke unserem obersten Dienstherren in Aurich, der dich mir als Partnerin gegeben hat.«

Helga lachte und erwiderte: »Wem Gott ein Amt gibt, dem gibt er auch Verstand.«

»Ich bezweifle, dass unser Polizeipräsident sein Amt von Gott erhielt, aber Verstand hat er trotzdem. Los, auf, holen wir die Fahrräder.«

Sie marschierten zurück zur Polizeistation und jeder schnappte sich ein Fahrrad.

»Gut, dass wir keine E-Bikes haben, ich strample lieber selbst.« Helga war überzeugte Sportlerin und Markus stimmte ihr zu.

»Dann los, Helga, du musst mich dirigieren, du kennst den Weg.«

»Das ist nicht so problematisch, da gibt's nur einen Weg.«

Sie fuhren über die Billstraße und Loog. Bis dahin kannte sich Markus inzwischen aus. Als sie die Domäne in Loog passierten, meinte Markus: »Jetzt beginnt für mich Neuland.«

»Ab hier gibt es auch keinerlei Kriminalität«, Helga versuchte zu scherzen.

»Warte ab«, meinte Markus, »wir sind noch nicht an der Domäne Bill.«

Kurz danach passierten sie die Kläranlage von Juist. Dann entdeckte Markus ein Hinweisschild ‚Hammersee Aussichtsplattform'.

»Da würde ich gern mal hinfahren.«

»Das können wir gern machen«, und Helga übernahm die Führung. Sie fuhren zur Aussichtsplattform und Markus bewunderte die tolle Aussicht.

»Ich wusste nicht, wie wunderschön es hier ist. Ich meine nicht nur hier den Hammersee, ich meine die ganze Insel. Ich bin sicher, hier war ich nicht zum letzten Mal. Und dass es hier einen kleinen Wald gibt, davon hast du mir auch noch nichts gesagt.«

Markus versuchte bewusst vorwurfsvoll zu wirken, was ihm allerdings nicht gelang.

»Tja, wenn du wüsstest, was ich dir außerdem alles noch nicht gesagt habe, du würdest mindestens einen Herzinfarkt bekommen.«

»Ich überlege gerade, wie ich das als Straftat bewerten könnte. Von wegen, hier hinter Loog gibt es keine Kriminalität mehr.«

»Los, komm, verhafte mich.«

»Mache ich gleich, aber vorher fahren wir weiter.«

»Komm, folge mir«, Helga schwang sich in den Sattel und fuhr in Richtung Aussichtsdüne Hammersee. Sie ließen die Fahrräder stehen und stiegen die Stufen zur Plattform hinauf.

Wieder hatten beide die Gelegenheit, die Aussicht zu bewundern.

»Langsam spüre ich ein Loch im Magen. Ich würde das Loch gern mit Rosinenstuten stopfen. Bitte, liebe Führerin, lass uns hinfahren.«

»Ihr Wunsch sei mir Befehl.«

Sie starteten wieder ihre Drahtesel und acht Minuten später stellten sie diese im Fahrradständer an der Domäne Bill ab.

Es war kurz nach 16 Uhr und an der Domäne Bill war noch relativ viel los.

»Die schließen hier um 17 Uhr.«

Helga wusste Bescheid und sie stellten sich am Ende der Schlange an, die vor den Verkaufsschaltern stand.

Mit den Riesenportionen des Rosinenstuten und natürlich Ostfriesentee ausgestattet, suchten sie sich im Freien einen Platz und setzen sich zu einem älteren Ehepaar.

Bevor sich Markus den Tee in die Tasse gießen konnte, wies ihn Helga in die Zeremonie des Teetrinkens ein.

»Und warum wird die Sahne entgegen dem Uhrzeigersinn in die Teetasse gegossen?«

»Das bedeutet symbolisch 'gegen die Zeit', dass man die Zeit damit anhalten kann. Mir gefällt das gut.«

»Wunderschön«, Markus war begeistert und beide bestaunten die aufsteigenden Wölkchen in der Teetasse.

»Wie hat dir denn der Rosinenstuten geschmeckt?«

Markus hatte ihn mit viel Butter und Marmelade genossen.

»Warte«, rief er, »ich bin gleich wieder da.«

Er stellte sich noch einmal an und kam kurz darauf mit einem Teller Erbsensuppe zurück.

»Das hatte ich vorhin gesehen und ich liebe Erbsensuppe.«

Mit großem Appetit begann er zu löffeln und als er fertig war, lehnte er sich zurück, strich sich über seinen Bauch uns sagte:

»Nicht, dass ich vorhin noch Hunger hatte, aber die frische Luft heute Nachmittag, das Radfahren und die totale Entspannung, haben mir einfach einen großen Appetit ausgelöst. Vorhin fühlte ich mich sehr wohl, inzwischen sauwohl.«

»Das kann ich gut nachvollziehen. Außerdem wird hier gleich geschlossen und bevor du Hungerattacken bekommst. Ich verstehe dich gut. Aber, ich wundere mich, dass du nicht mit einem deiner AC/DC-Songs aufwartest. Fällt dir keiner ein?«

Helga grinste ihren Kollegen an.

»Animal appetite, 'cause I'm a love hungry man, yeah I'm the love, hungry man, don't want no conversation, I need sweet sensation. All I wanna do, is make a meal outta you.«

Markus sang unbekümmert los und das ältere Ehepaar neben ihnen, schüttelte die Köpfe. Die beiden erhoben sich und traten die Flucht an. Sie gingen.

»Du überraschst mich immer wieder. Wie hieß der Song?«

»Love Hungry Man, hast du den Text verstanden?«

»Daher weiß ich auch, dass es weniger ums Essen ging, sondern mehr um Sex. Oder?«

»Darum sind die beiden Herrschaften auch aufgestanden und gegangen. Dieses Thema ist nichts mehr für Ältere.«

Markus grinste seine Kollegin an und wartete auf ihre Reaktion.

»Ich hoffe sehr, dass du dich da irrst. Nein, ich weiß es, du irrst dich. Ich glaube an Sex forever. Auch im Alter.«

»Wann wollen wir zurück? Jetzt gleich oder gehen wir hier noch ein Stück spazieren?«

»Darüber habe ich auch schon nachgedacht. Man kann hier unten am sogenannten Billriff spazieren gehen. Das Billriff gehört zur Ruhezone der Nationalparks und darf nur auf den ausgewiesenen Wanderwegen betreten werden. Die Spitze des Billriffs dürfen wir nicht betreten. Man will dadurch die Tiere, also die Robben und die Vögel schützen. Wenn wir unten am Strand laufen, dann brauchen wir ein paar Stunden. Weiter hinten gibt es noch einen Parkplatz für Fahrräder, der ist ungefähr einen Kilometer von hier entfernt. Ich schlage vor, dass wir von dort das Ganze bewundern. Von dort hat man einen herrlichen Ausblick, manchmal kann man sogar Seehunde sehen.«

»Ich habe gute Erfahrungen damit gemacht, das zu tun, was du vorschlägst. Lass uns dort nach Seehunden schauen.«

Mit ihren Fahrrädern hatten sie den Punkt schnell erreicht.

Helga, die sich perfekt auskannte, zeigte ihrem Kollegen die wichtigsten Punkte.

»Das da drüben ist die Vogelinsel Memmert, dort ganz hinten siehst du die Insel Borkum und genau dazwischen der große Sandfleck, da entsteht eine neue Insel. Die sogenannte Kachelotplate gehört zur Schutzzone des Nationalparks Wattenmeer. Das Wort Kachelot, kommt vom französischen Wort 'cachalot' und bedeutet so viel wie Pottwal. Hast du gemerkt? Das war die Klugscheißerin in mir.«

»Das sehe ich gar nicht so, ich fand das vollkommen spannend. Schau mal da drüben, sind das Robben?« Markus zeigte in Richtung der Insel Memmert.

Helga bestätigte das und meinte: »Hier könnte ich stundenlang stehen.«

»Ich bin sicher, da wir vorhin bei der Teezeremonie die Sahne gegen den Uhrzeigersinn in die Tasse schütteten, ist die Zeit wirklich stehen geblieben. Es ist wie ein Traum. Ich danke dir, dass du mir das gezeigt hast. Ich weiß jetzt, warum die Insel Juist 'Töwerland' genannt wird.«

Die beiden blieben noch eine ganze Weile stehen, bevor sie sich auf den Rückweg machten.

Kurz bevor sie die Domäne Loog erreichten, bemerkte Markus einen Mann, der über die Salzwiesen in Richtung Watt schlenderte.

»Schau mal Helga, der läuft genau dort entlang, wo der Rolf Siemann erschossen wurde.«

»Das ist nicht verboten, da darf man laufen. Da sind ja auch andere Lebewesen, Enten, Gänse und weiter Richtung Bill, auch jede Menge Pferde, wie du vorhin gesehen hast.«

Sie fuhren inzwischen durch Loog, als Markus sagte:

»Du weißt doch, angeblich kommt jeder Täter wieder an den Tatort zurück. Vielleicht war der das gerade.«

Helga stoppte ihr Fahrrad mit einer Vollbremsung ab. Auch Markus hielt an und fragte:

»Was ist los? Warum hältst du an?«

»Du mit deinem Täter am Tatort. Ich überlegte die ganze Zeit, wer der Kerl in den Salzwiesen vorhin war, der kam mir bekannt vor. Aber ich weiß immer noch nicht, wer das war. Vielleicht tatsächlich der Täter?«

Beide drehten ihre Räder um und fuhren zurück zu den Salzwiesen. Aber so lange sie auch suchten, es war kein Mensch mehr zu sehen.

Montag, 13. Juli, vormittags

Markus hatte schlecht geschlafen und irgendwelche blöden Träume ließen ihn zweimal in der Nacht schweiß überströmt wach werden. Und da er am Abend vorher vergaß seinen Wecker zu stellen, schlief er in den Morgenstunden ein und wurde erst durch die Sonnenstrahlen, die durch sein Hotelfenster drangen geweckt. Er rekelte sich, drehte sich um, schaute auf seine Uhr und sprang, wie von der Tarantel gestochen, aus seinem Bett. Es war bereits kurz vor 9 Uhr. Verabredet hatten sie sich für 8:30 Uhr.

Markus sprang aus der Kiste, nahm eine Schnelldusche und sprang blitzschnell in seine Klamotten. Im Frühstücksraum belegte er sich im Stehen ein Brötchen, biss ab und rief Helga auf ihrem Handy an.

»Bin sofort da, bitte schenk mir doch schon mal einen Kaffee ein.«

Helga hatte ihn gut verstanden, obwohl er mit vollem Mund sprach und fragte: »Na, wieder gesumpft heute Nacht? Ich sehe, du arbeitest an deiner Statistik.«

Markus lachte nur über die dumme Bemerkung und bog bereits in die Carl-Stegmann-Straße ein. Als er die Polizeistation betrat, hatte er gerade den letzten Bissen vom Brötchen heruntergeschluckt.

Er marschierte direkt in das Zimmer von Eike Haferland, in dem bereits Helga wartete und ihn wissend angrinste.

»Auch wenn du noch sehr grinst, ich gebe keinerlei Erklärungen ab, außer, dass ich mich bei euch allen für meine Verspätung entschuldige. Tut mir leid.«

Auch Eike ging nicht weiter darauf ein, in seiner Hand hielt er ein Schriftstück.

»Hier, die Ergebnisse der KTU sind schon da. Ich lese euch die Punkte vor.«

Die Kriminaltechnik übermittelte folgende Ergebnisse:

- Bei der Pistole handelt es sich um eine RUGER American Pistol 9 mm Luger.
- Die Waffe wurde vor nicht allzu langer Zeit benutzt
- Es ist definitiv die Waffe, mit der Rolf erschossen wurde. Das ergab die Untersuchung zusammen mit der gefundenen Patronenhülse.
- Die Waffe wurde bereits bei einem Schusswechsel im Ruhrgebiet bei einem Banküberfall benutzt.
- An der Waffe werden Fingerabdrücke gefunden, die allerdings nicht registriert sind.

»Die Waffe hat also das gleiche Kaliber, wie die Waffe vom Krämer. Aber mit Krämers Pistole wurde nicht geschossen, sondern mit der in den Dünen gefundenen. Jetzt müssen wir klären, wo diese Pistole herkommt, wem sie gehört?«

Markus versuchte langsam einen klaren Gedanken zu fassen. In diesem Augenblick kommt Hanke herein und erklärt:

»Heute früh kamen schon fünf Anrufe. Alle hatten mit dem gestern gestreuten Gerücht zu tun. Die Leute wollen wissen, was an der Geschichte dran ist, mit dem Drogenfund. Sogar ein Anruf von der Presse war dabei.«

»Und was antwortest du denen?«

»Ich antwortete, dass wir derzeit aus ermittlungstaktischen Gründen dazu nichts sagen können.«

»Das ist ausgezeichnet, deine Antwort.«

In diesem Augenblick klingelt das Handy von Helga.

»Weilburger«

Da das Handy nicht auf laut gestellt war, bekommen die Anwesenden nur Helgas Worte mit.

»Hallo Frau Wolfram«

»Dazu kann ich ihnen leider nichts sagen. Es gibt ermittlungstechnische Gründe, sie verstehen.«

»Das ist interessant, ich schreibe mir das auf. Geben sie mir bitte mal die Rufnummer ihrer Freundin.«

Helga notiert sich etwas auf einem Stück Papier.

»Sagen sie, woher haben sie eigentlich meine Telefonnummer?«

»Ach ja, stimmt.«

»Frau Wolfram, wir kommen eventuell auf sie oder ihre Freundin noch einmal zu. Danke für ihren Anruf. Ciao!«

Nachdem Helga das Telefonat beendet hatte, erklärte sie den Anwesenden den Inhalt.

»Das war Heike Wolfram, das Opfer der Vergewaltigung. Sie rief an, weil ihr das Gerücht zu Ohren kam. Sie erzählte mir, dass ihre Freundin, davon wusste, dass in der Vergangenheit auf Juist schon ein paar Mal Drogen angeboten wurden. Ich habe mir ihre Handynummer notiert, falls wir dazu noch Fragen haben.«

»Und woher hatte sie deine Telefonnummer?«, wollte Markus wissen.

Heike lacht. »Das hat man davon, wenn man mit seinem privaten Handy dienstliche Gespräche führt und dabei die eigene Nummer nicht unterdrückt hat. Ich hatte die Heike angerufen, sogar zweimal, und zwar am Donnerstag, zum Beispiel, bevor wir dann mit dem Sewing zu ihr fuhren, wegen der Gegenüberstellung.«

»Ich erinnere mich, hat denn die Freundin irgendwelche Daten genannt, wo ihr Drogen angeboten wurden?«

»Nein, das ist wahrscheinlich auch nicht so interessant. Die Freundin, also die Elke Mormann, ist ja jetzt erst seit ein paar Tagen hier. Sie hat diese Erfahrungen in den vergangenen

Jahren gemacht. Und bei unserem vermuteten Drogenfund handelt es sich um eine aktuelle Geschichte. Der Getötete hat beobachtet, wie jemand im Mai einen Seesack fand. In dem Sack waren vermutlich Drogen.«

»Du hast recht. Bloß gut, dass ich dich habe. Als Kollegin meine ich natürlich.«

Markus war schon wieder in hervorragender Stimmung und versuchte zu spötteln. Ihm bereitete es ein schieres Vergnügen, die Helga auch immer wieder dezent anzuflirten. Sie nahm ihm das überhaupt nicht übel, lächelte aber und schwieg, weil sie seinen Spruch für nicht so wichtig hielt.

»Zurück zu der Pistole«

»Ich weiß, dass noch versucht wird, DNA-Spuren auf der Pistole zu ermitteln, das dauert allerdings noch ein wenig. Vielleicht bringt uns das dann später weiter.«

Erik Haferland, hatte das aus dem Bericht der Kriminaltechnik entnommen.

»Dass der Siemann erschossen wurde, weiß das eigentlich jemand? Haben wir das bei den Gesprächen hier auf Juist jemals erwähnt?«

»Das wissen doch nur wir hier von der Polizei und kein....., Moment mal, mir fällt ein, als wir hier mit dem Hubschrauber landeten, da an dem Memmertfeuer, da waren doch welche von der Feuerwehr dabei. Da haben wir eventuell darüber gesprochen, dass eine Schusswunde an der Leiche festgestellt wurde. Ich bin mir allerdings nicht sicher.«

Helga konnte sich genau an die Situation erinnern.

»Wir müssen die Feuerwehrleute sehr schnell befragen«, Markus wendet sich an den Leiter der Polizeistation, »kannst du herausfinden, wer das war und die Leute dann herbestellen? Das wäre ganz wichtig.«

Haferland ging nach nebenan, um zu telefonieren.

»Und wir sollten jetzt.....«

Markus wurde durch sein klingelndes Handy unterbrochen.

»Oh, interessant, ein Anrufer mit unterdrückter Rufnummer.«

Markus nimmt das Gespräch nicht an, und drückt dann zweimal auf den Einschaltknopf seines Smartphones. Kurz danach klingelt sein Handy und Markus strahlt.

»Hat geklappt.«

»Was meinst du damit?«, will Helga wissen.

»Ich habe die Nummer des Anrufers, obwohl der seine Nummer unterdrückt hat.«

»Wie geht das denn? Wie hast du das gemacht?«

»Das ist eine längere Geschichte. Das geht mit einer App. Ich hatte vor ein paar Jahre, ich glaube 2016, davon gehört. Die App hieß 'TrapCall', die konnte man herunterladen und auf seinem Handy installieren. Wenn jetzt ein Anruf mit unterdrückter Rufnummer kommt, drücke ich zweimal auf die Ein-/Ausschalt-

Taste. Dann wird der Anruf an die Firma Trap-Call weitergeleitet. Das Unterdrücken einer Telefonnummer heißt nämlich nicht, dass die Nummer nicht in den Anrufdaten dabei ist. Bei jedem Anruf wird immer die Rufnummer des Anrufers übermittelt. Diese Daten benötigt nämlich der Provider, zum Beispiel für die Abrechnung. Die Rufnummer wird halt nur nicht dem Angerufenen angezeigt. Die Firma Trap-Call, holt aus den übermittelten Daten die Rufnummer heraus und schickt sie wenig später an den Angerufenen. Und genau, das ist jetzt passiert. Da ich den Anruf nicht annahm, kann es sein, dass der Anrufer etwas auf meine Mobilbox gesprochen hat.«

»Das klingt ja total spannend. Diese App hole ich mir auch.«

»Liebe Helga, das ist zu spät, Apple hat diese App in Deutschland aus seinem Store genommen. Die gibt's leider nicht mehr. Aber ich kann dir einen Trick verraten, wie du trotzdem noch an die App kommst.«

Markus notierte die ihm übermittelte Rufnummer und hörte seine Mobilbox ab, aber es wurde nichts aufgesprochen.

»So, jetzt versuche ich herauszufinden, wer der Anrufer war und woher der meine Nummer hat.«

Markus tippt auf seinem Handy herum und sagt dann triumphierend:

»Der Anrufer heißt Jan Everts. Der Name sagt mir nichts. Kennt den jemand?«

»Das ist doch der Krullerkopp, das ist der Wirt von der Kneipe 'Krullerkopp', wo der Krämer die Frau Wolfram mit KO-Tropfen betäubt hat.«

Haferland war inzwischen wieder zurückgekommen und berichtet, dass die Feuerwehrleute mit keinem Menschen über die Todesart von Siemann gesprochen hätten.

»Komm, Helga, da fahren wir sofort hin. Können wir den MTW der Feuerwehr wieder benutzen, falls wir jemanden verhaften müssen?«

»Das wird nicht gehen«, Haferland schaltet sich wieder ein, »ich habe gerade gehört, dass die Feuerwehr mit dem MTW Richtung Flugplatz unterwegs ist. Geht einfach zu Fuß. Das ist ja nicht so weit.«

»Ich denke, wir sollten bis zum Nachmittag warten, denn vermutlich ist der Everts nicht in seinem Lokal, der macht erst heute Nachmittag um 15 Uhr auf. Dann sollten wir da sein«, schlug Helga vor.

In diesem Moment wurde die Tür geöffnet, ein Mann betrat die Polizeistation und sagte: »Ich möchte gern Herrn Niemand unter vier Augen sprechen.«

Montag, 13. Juli, später Vormittag

Markus stand auf, ging zu dem Mann und fragte: »Wieso unter vier Augen?«

Der Mann wies sich als Mitarbeiter des Bundeskriminalamtes aus und sagte:

»Mein Name ist Peter van Haag, ich komme vom BKA aus Wiesbaden. Wie ich weiß, leiten sie hier die Mordkommission zur Aufklärung einer Straftat auf Juist. Wir möchten sie mit in einen Fall hineinnehmen, der sehr vertraulich behandelt werden muss.«

Markus führte ihn in ein freies Zimmer und beide setzten sich an einen Tisch.

»Herr Niemand, ihre Daten habe ich über das LKA Niedersachsen von ihrer Dienststelle in Aurich bekommen. Es geht um Rauschgift. Wie wir durch abgehörte Telefonate und durch Kontaktmänner erfahren haben, hat sich ein noch unbekannter Mann hier auf Juist Drogen angeeignet. Es handelt sich um eine Drogenmenge von wahrscheinlich 25 kg. Es handelt sich dabei um Kokain. Die Menge hat einen Verkaufswert von 2 Millionen Euro. Die Drogen waren in einem oder mehreren wasserdichten Seesäcken und wurden hier auf der Insel angespült. Dieser Finder hat das Zeug gefunden und in Sicherheit gebracht. Wir gehen davon aus, dass es sich noch hier auf der Insel befindet. Da er das Zeug nicht selbst in kleinen Mengen verkaufen wollte, hat er jetzt Kontakt aufgenommen zur Westbalkan-Mafia. Er glaubt sich wohl in Sicherheit, weiß aber nicht, dass eine Gruppe von drei Männern auf dem Weg nach Juist ist. Wir wissen nicht genau, was die vorhaben, aber mit Sicherheit sind die nicht bereit, die von dem Finder geforderte Summe zu zahlen. Er hatte die Drogen der Mafia für eine Million Euro angeboten. Wir gehen nicht davon aus, dass die Mafia bereit ist, überhaupt Geld zu zahlen. Sie werden vermutlich versuchen, an die Drogen zu kommen und den Finder dann zu betrügen oder gar umzubringen.«

Markus hatte sich die wesentlichen Punkte auf seinem Laptop notiert.

»Ich bitte sie, keine Notizen, bitte löschen sie das wieder. Das, was wir hier bereden, darf auch den Raum hier nicht verlassen, ich bitte sie um absolute Diskretion.«

»Wir haben hier auf Juist bereits so etwas Ähnliches vermutet. Hier bei uns geht es um einen Mordfall, den wir noch nicht aufgeklärt haben. Aber die Spuren, die wir verfolgen, weisen darauf hin, dass in unseren Fall, die Geschichte mit den Drogen eine Rolle spielen könnte. Wenn wir also an unserem Fall arbeiten und den aufklären wollen, kann ich nicht so tun, als wüsste ich nichts von ihrem Mitwirken hier. Mein Wunsch ist es, dass wir meine Kollegin aus Aurich, Kriminalkommissarin Helga Weilburger einbeziehen. Sie arbeitet sehr professionell und ich brauche ihr Fachwissen unbedingt.«

»Gut«, Peter van Haag stimmt dem Wunsch von Markus zu, »natürlich bin ich damit einverstanden. Wir werden auch Polizeihauptkommissar Eike Haferland und Oberkommissar Hanke Hinrich informieren, dass das BKA jetzt in Fall der Drogen hier auf Juist in die Ermittlungen integriert ist. Aber wir müssen uns hüten, Details weiterzugeben. Die bleiben unter uns, also bei Frau Weilburger, bei ihnen und bei mir.«

»Dann lassen sie uns jetzt die Anderen so weit in Kenntnis setzen, wie es nötig ist. Meine Kollegin informiere ich später unter vier Augen«, Markus übernimmt die Initiative und sie gehen hinüber zu den anderen im Nachbarraum.

Markus überließ es dem BKA-Mitarbeiter Peter van Haag, die anderen zu informieren. Wie verabredet, wurde die erwartete Ankunft der Westbalkan-Mafiosi nicht erwähnt.

Danach verabschiedete sich Peter van Haag und erklärte, dass er am nächsten Morgen wieder anwesend sei, für heute hätte er noch ein paar private Dinge zu erledigen.

Markus und Helga verabredeten, jetzt eine Kleinigkeit zu essen und dann gegen 15 Uhr im Krullerkopp den Wirt zu treffen.

Montag, 13. Juli, nachmittags

Kurz nach 15 Uhr treffen Markus und Helga im Krullerkopp ein.

Der Wirt, Jan Everts, begrüßt Helga und diese stellt ihren Kollegen Markus vor.

Everts fragt: »Was kann ich für sie tun?«

Markus steigt sofort voll ein: »Herr Everts, sie haben mich heute Morgen auf meinem Mobiltelefon angerufen. Was wollten sie von mir?«

»Ich, wieso ich, ich habe sie nicht angerufen.«

»Herr Everts, bitte hören sie mit dem Spielchen auf. Ich weiß, dass sie angerufen haben. Was wollten sie von mir?«

»Wieso kommen sie auf mich, ich war das nicht.«

»Bitte glauben sie mir, ich habe Möglichkeiten, die Rufnummer eines Anrufers zu ermitteln, auch wenn dieser seine Rufnummer unterdrückt hat.«

»Ok«, der Krullerkopp grübelt.

»Also raus mit der Sprache, was wollten sie von mir?«

»Ich habe da neulich etwas gefunden, das wollte ich ihnen erzählen.«

»Was haben sie gefunden?«

»Einen wasserdichten Sack, der lag am Strand.«

»Und was war da drin? Und wann haben sie den Sack gefunden?«

»Da waren Päckchen drin. Wann das war, weiß ich nicht so genau, vor ein paar Tagen.«

»Fangen wir mit ihrem ersten Punkt an. Was war in den Päckchen drin?«

»Das weiß ich nicht genau.«

»Was heißt, nicht genau?«

»Aber eine Ahnung haben sie schon? Was glauben sie, ist in den Päckchen?«

»Kann das sein, dass das Rauschgift ist?«

»Herr Everts, mir reicht es jetzt, sie wissen genau, was in den Paketen ist. Sie haben darüber bereits Verhandlungen geführt, das wissen wir. Geben sie das bitte jetzt zu. Sie können uns nicht veralbern, wir sind bestens informiert.«

»Mein Problem ist, wenn ich das zugebe, habe ich mich wohl strafbar gemacht, weil das Rauschgift in meinem Besitz ist. Oder?«

»Das klären wir noch. Wo ist der Sack mit dem Rauschgift jetzt?«

»Den habe ich versteckt.«

»Aber wo haben sie den versteckt?«

»Den hatte ich in den Dünen vergraben.«

»Was heißt hatte?«

»Heute Morgen habe ich ihn ausgegraben, den habe ich hierher geholt. Der ist jetzt hier bei mir im Haus. Im Keller.«

»Zeigen sie uns sofort den Sack«

Sie marschierten zu dritt die Kellertreppen hinunter und Everts schob einen alten Schrank zur Seite. Dahinter war eine Nische und in dieser lag ein dunkler Seesack. Everts zog ihn hervor und öffnete ihn. Darin lagen mehrere in schwarzer Folie verpackte Päckchen.

Helga untersuchte ein Päckchen und vermeldete dann: »Das ist tatsächlich Kokain!«

»Weil es so schön ist, klären wir doch noch, wann sie die Drogen gefunden haben, also, raus mit der Sprache, wann haben sie das Zeug gefunden?«

»Ich weiß es nicht mehr genau, vor zwei bis drei Wochen.«

Everts flüsterte fast und schaute dabei Markus fragend an.

»Herr Everts«, Markus schaute dem Everts tief in die Augen, »ich weiß ziemlich genau, wann sie den Sack gefunden und mitgenommen haben. Da gibt es sogar Zeugen, die das gesehen haben. Also jetzt raus mit der Wahrheit!«

Everts sackte fast völlig in sich zusammen.

»Das war im Juni, Mitte Juni.«

»Das war ihre letzte Chance und sie haben schon wieder gelogen. Ich verhafte sie jetzt wegen Drogenbesitzes. Ihre Kneipe können sie fürs Erste dicht machen.«

Helga rief inzwischen auf der Polizeistation an, klärte Eike Haferland auf und bat darum, dass der MTW gebracht wird, denn mit dem

Verhafteten und dem Drogenfund wollte man nicht mitten durch den Ort laufen.

Tatsächlich stand der Mannschaftstransportwagen kurze Zeit später vor der Tür des Lokals Krullerkopp.

Sie stiegen zu dritt zum Fahrer des MTW und hatten den Drogensack mit dabei. Die Fahrt ging direkt zur Polizeistation. Dort wurde Everts in die dortige Zelle verfrachtet und die Drogen in einen speziell gesicherten Raum.

Markus nahm sein Mobiltelefon, erklärte, dass er jetzt mal ungestört telefonieren wolle und ging in den Nachbarraum.

Nach ungefähr zwanzig Minuten kam er zurück und klärte seine Mitstreiter kurz auf.

»Morgen früh kommt ein Untersuchungsrichter hier her. Wir werden zunächst erst einmal Untersuchungshaft wegen Drogenbesitzes beantragen. Alles Weitere werden wir sehen, wenn wir den Herrn Everts gleich noch weiter verhört haben.«

Montag, 13. Juli, abends

Markus bittet seine Kollegin Helga und den Leiter der Polizeistation Eike Haferland, bei dem folgenden Verhör genau auf den Verhafteten Everts zu schauen und ihm nach Möglichkeit immer in die Augen zu blicken. Zur Sicherheit wird noch eine Kamera installiert, die das Gesicht von Everts aufnehmen soll.

Dann holt man den Everts in den vorbereiteten Verhörraum.

Markus, der hauptsächlich die Fragen stellen wollte, beginnt.

»Herr Everts, was haben sie mit den Drogen geplant? Was wollten sie damit machen?«

Everts druckste etwas herum und sagte dann: »Tut mir leid, ich habe da einen großen Fehler gemacht. Ich habe das Zeug gefunden und wollte es zur Polizei bringen. Aber dann bekam ich Angst, weil ich die Drogen ja bereits mitgenommen hatte. Sie sehen ja, was da rauskam, sie haben mich auch deshalb festgenommen.«

»Herr Everts, noch mal, was wollten sie mit den Drogen machen?«

»Ich hatte keine Pläne, wirklich nicht.«

»Bitte, denken sie daran, dass wir sehr viele Informationen besitzen. Sie sollten uns die Wahrheit sagen. Wir wissen zum Beispiel von diversen Telefonaten, bei denen sie mit anderen über die Drogen gesprochen hatten. Also noch einmal, was waren ihre Pläne?«

Man konnte dem Everts ansehen, wie sein Gehirn arbeitete. Er senkte den Blick, er presste die Zähne aufeinander und man sah, wie seine Backenknochen arbeiteten, er atmete immer tiefer. Er hatte Stress.

»Ja, das war mein nächster Fehler, ich hatte geglaubt, damit Geld machen zu können. Ich habe Schulden und die wollte ich loswerden.«

Markus schaute ihn an und schwieg. Schweigen kann sehr viel Druck ausüben. Everts hielt das Schweigen nicht länger aus.

»Einer meiner Gäste hatte mir mal im Suff erzählt, dass er Kontakte zur Mafia aus dem Westbalkan hat und hat mir eine Telefonnummer gegeben. Denen habe ich das Kokain angeboten.«

»Wie viel Geld haben sie für das Zeug haben wollen?«

»Eine Million Euro. Hören sie, das Zeug war doppelt so viel wert. Da kann man doch die Hälfte verlangen. Oder?«

»Was haben die gesagt, wollten die das zahlen?«

»Ich glaube nicht, die wollten sicher noch mit mir handeln. In der kommenden Woche wollten sie jemanden schicken.«

»Glauben sie wirklich, dass die Mafia mit einem Laien handelt und ihm tatsächlich Geld gibt. Glauben sie nicht, dass die versucht hätten, sie übers Ohr zu hauen, ihnen die Drogen mit Gewalt abgenommen oder sie sogar getötet hätten?«

»Darüber habe ich auch schon nachgedacht. Ich hatte Angst.«

»Haben andere von ihrem Drogenbesitz erfahren?«

»Andere? Wie meinen sie das?«

Bis eben hatte Everts noch einigermaßen gefasst gewirkt. Jetzt schien es, als hätte man ihm einen Faustschlag in den Magen versetzt.

»Hat jemand versucht, sie mit ihrem Drogenbesitz zu erpressen?«

»Nein, nein, nein«, stammelte Everts.

»Sie glauben immer noch nicht daran, dass die Polizei viel weiß. Wir wissen von der Erpressung.«

Everts brach fast zusammen und fing an zu schluchzen.

»Herr Everts, sie erinnern sich an das Foto des Ermordeten, das ihnen meine Kollegin bereits gezeigt hat. Sie erinnern sich?«

Everts schüttelte den Kopf und schluchzte weiter.

»Hier ist das Bild. Der Mann hier heißt übrigens Rolf Siemann.«

Markus legte ihm das Foto des Ermordeten erneut vor.

»Kennen sie diesen Mann?«

»Nein.«

Everts konnte sichtlich nicht mehr sprechen.

»Herr Everts, dieser Mann wurde getötet. Wir kennen die Todesursache nicht. Ich werde ihnen jetzt ein paar Fragen stellen. Sie brauchen die Fragen auch nicht zu beantworten. Hören sie sich die Fragen einfach mal an. Können wir?«

Everts nickte.

»Herr Everts, nehmen wir einmal an, sie hätten Herrn Siemann getötet. Hätten sie ihn mit einem Messer erstochen?«

Nach einer Pause kam die nächste Frage.

»Hätten sie ihn erwürgt?«

»Wenn sie ihn getötet hätten, hätten sie ihn vergiftet?«

»Hätten sie ihn, wenn sie Gelegenheit gehabt hätten, in der Badewanne ertränkt?«

»Hätten sie ihn mit ihrer Pistole erschossen?«

»Hätten sie ihn eventuell mit einem Knüppel erschlagen?«

Everts zuckte plötzlich zusammen. Ein Ruck durchfuhr ihm und er fragte:

»Was soll eigentlich dieser psychologische Scheiß? Wollen sie mich verarschen? Ich will einen Rechtsanwalt. Ohne Anwalt sage ich nichts mehr.«

»Haben sie einen Anwalt oder sollen wir ihnen einen Anwalt besorgen?«

»Ich habe eine Anwältin, Beate Kissel, Kanzlei Kissel, hier auf Juist.«

Markus ging hinüber zu Hanke, der im anderen Raum saß, und bat ihn bei der Kanzlei Kissel anzurufen und die Anwältin zur Polizei zu bitten.

Hanke kommt zurück und flüstert Markus etwas ins Ohr.

Markus wendet sich an Everts: »Ihre Anwältin ist verreist und kommt erst übermorgen, am Mittwoch zurück. Möchten sie einen anderen Anwalt aus der Kanzlei oder irgendwo her?«

»Nein, ich warte, bis Beate Kissel wieder da ist.«

»Herr Everts, sie können schweigen, das habe ich ihnen ja bereits bei der Verhaftung erklärt. Aber jetzt erweitere ich die Anklage gegen sie auf Mord. Sie haben Rolf Siemann getötet. Das haben sie uns soeben gestanden.«

»Was habe ich gestanden? Einen Dreck habe ich gestanden.«

Everts wendet sich an die Anwesenden, an Helga und an Eike Haferland.

»Haben sie gehört, dass ich gestanden habe? Habe ich in dieser Richtung etwas gesagt?«

»Nein, gehört habe ich das nicht, aber gesehen.«

Everts schaut verständnislos und fragt: »Wie meinen sie denn das?«

»Ihre Körpersprache hat zu uns gesprochen und sie verraten. Bei der Frage von Herrn Niemand, ob sie den Rolf Siemann getötet hätten und er ihnen dabei unterschiedliche Arten von Mordarten nannte, war die Reaktion ihres Körpers bei der Frage, ob sie ihn erschossen haben, auffällig anders.«

»Das ist doch Hokuspokus, was sie mit mir machen!«

»Das, was sie Hokuspokus nennen, hat uns überzeugt. Aber etwas anderes wird sie selbst überzeugen. Was sie noch nicht wissen, wir haben ihre Pistole gefunden, die sie in den Dünen entsorgt haben. Die Pistole wurde eindeutig als die Mordwaffe identifiziert. Und wir haben die Bestätigung, dass sie damit geschossen haben, denn auf der Pistole sind Fingerabdrücke gefunden worden. Jetzt brauchen wir nur noch ihnen die Fingerabdrücke abnehmen und mit denen auf der Tatwaffe vergleichen. Herr Everts, was glauben sie, was dabei herauskommen wird?«

Everts fängt hemmungslos an zu weinen.

»Wie kam es denn dazu, dass sie Rolf Siemann erschossen haben? Hat er sie bedroht? Wollte er Geld von ihnen? Was ist da an der Domäne Loog passiert?«

Everts schluchzt und spricht ganz leise.

»Ich habe das nicht gewollt. Ich wollte ihn doch nicht töten. Der Kerl hatte mich erpresst, nach dem er wohl sah, dass ich den Seesack fand. Er bekam heraus, wer ich bin und besuchte mich ein paar Mal allein in meinem Lokal. Dann wollte er Geld, fünfzigtausend Euro wollte er. Aber ich hatte doch kein Geld, ich benötigte selbst viel Kohle, die Banken saßen mir im Nacken. Hätte ich die blöden Drogen verkaufen können, wäre ja alles gut gewesen, dann hätte der auch von mir etwas bekommen. Aber der Siemann hatte keine Geduld. Er wollte die Kohle sofort. Ich hatte ihn zwei-/dreimal angerufen, aber er machte immer mehr Druck. Er kam sogar an einem Abend mit einer Freundin in den Krullerkopp, mein Lokal. Das muss der Abend gewesen sein, von dem sie sprachen, da mit den KO-Tropfen. Da hat er mir einen Zettel rübergeschoben, da stand drauf 'Rück die Kohle raus, sonst passiert was!'. Den Zettel habe ich noch. Ich hatte Angst und habe sogar an dem Samstagabend, mein Lokal geschlossen. Ich habe ihn gesucht, bin nach Loog gefahren und mitbekommen, wie er sein Fahrrad an einem Parkplatz anstellte. Dann ging in Richtung Domäne. Ich habe am Fahrradständer gewartet. Ich sah ihn dann unten an den Salzwiesen mit einem Mann reden. Als die sich dann trennten und der Siemann stehen blieb, bin ich zu ihm gegangen. Er war sehr erschrocken, hatte nicht mit mir gerechnet. Ich wollte mit ihm nur reden, da hat er mich gepackt und wollte mich schlagen. Ich konnte ausweichen und zog meine Pistole. Da hat er gelacht und gemeint, ich würde ja doch nicht schießen, ich wäre viel zu feige. Da habe ich geschossen. Der hat mich ja auch provoziert. Das war doch Notwehr. Oder?«

Everts war von seiner langen Erklärung völlig erschöpft. Sein Gesicht war aschfahl und er wirkte, als würde sein Körper regelrecht zusammenfallen.

»Ob das Notwehr war, wird das Gericht klären. Aber was haben sie danach gemacht? Was haben sie mit der Leiche gemacht?«

»Ich konnte den doch da nicht liegen lassen. Man hätte ihn da ja sofort entdeckt. Da unten in den Salzwiesen gibt es doch solche Wassergräben. Ich habe den Toten an den Beinen durch die Wiese gezerrt und in den Wassergraben geworfen, das war jede Menge Wasser drin. Dann bin ich zu meinem Fahrrad und bin zurück ins Dorf, in meine Kneipe. Ich habe von innen abgeschlossen und mich besoffen. Ich bin am nächsten Morgen aufgewacht und habe hinter meiner Theke gelegen. Die ganze Nacht.«

»Herr Everts, wir werden ihnen morgen früh ein Protokoll des Gesprächs vorlegen. Sie können sich das noch einmal durchlesen und wenn sie mit allem einverstanden sind, unterschreiben sie es bitte.«

»Wissen sie was?«, Everts schien plötzlich sehr erleichtert, »Ich bin froh, dass jetzt alles raus ist. Ich konnte das alles kaum noch ertragen.«

Hanke brachte ihn danach zurück in die Arrestzelle und nahm ihm alles ab, was ein Inhaftierter für einen Suizid nutzen könnte.

Dienstag, 14. Juli, morgens

Markus hatte Helga am Dienstag früh in alles eingeweiht und mit ihr das Vorgehen in allen Einzelheiten festgelegt. Haferland und Hanke waren nur grob informiert. Alle vier waren anwesend, als sich die Tür der Polizeistation öffnete und Peter van Haag, der Mitarbeiter des Bundeskriminalamtes hereinkam.

»Guten Morgen zusammen. Alle sind da, schön. Jetzt kann es ja losgehen. Haben sie schon einen Plan, wie wir an die Drogen und den derzeitigen Besitzer herankommen können? Sie sind ja inzwischen hier die Fachleute vor Ort. Lassen sie uns planen, wie wir vorgehen wollen.«

»Wir haben da schon etwas vorbereitet. Wir werden einen Hund einsetzen, der spezialisiert ist, Waffen aufzuspüren. Wenn wir den Verdächtigen, der die Drogen besitzt, aufspüren, wollen wir in der Lage sein, bei ihm vorhandene Waffen aufzuspüren. Zu unserer aller Sicherheit. Wir werden den Hund gleich hereinbringen, damit er uns alle kennenlernt. Dazu ist es aber notwendig, dass sie ihre Pistole auch kurzerhand ablegen. Wir alle haben unsere Waffen schon alle im Nachbarraum deponiert, damit der Hund nicht nervös wird, wenn er hier hereingebracht wird. Wenn wir nachher die Polizeistation verlassen, bekommt jeder seine Waffe zurück. Bitte geben sie uns ihre Dienstpistole.«

»Gute Idee«, Peter van Haag holt seine Pistole aus dem Halfter und legt sie auf den Tisch.

»Und hier auf der Wand, haben wir aufgeschrieben, wie wir vorgehen wollen.«

Helga ging zur Pinnwand und zeigte auf einzelne Stichwörter.

Auch Peter van Haag ging auf die Wand zu.

In diesem Augenblick hatte Markus seine Waffe gezogen und richtete sie auf den Herrn vom Bundeskriminalamt.

»Ratko Janković, ich verhafte sie! Heben sie ihre Hände hoch!«

Der BKA-Mann drehte sich um und sagte: »Ich heiße Peter van Haag und nicht Ratko... Wie war das?«

Eike Haferland legte dem Mann Handschellen an und Hanke taste ihn nach weiteren Waffen ab.

»Herr Janković, wir wissen, wer sie sind. Sie haben sich als Peter van Haag ausgegeben. Es gibt beim Bundeskriminalamt tatsächlich jemanden mit diesem Namen. Ich habe gestern noch mit dem richtigen Peter van Haag persönlich gesprochen. Ich weiß nicht, wie sie in den Besitz eines BKA-Ausweises gelangt sind, aber das werden wir sicher noch aufklären. Nachdem sie gestern gegangen sind, habe ich meine Kontakte genutzt, recherchiert und habe dabei eine Menge Details erfahren können. Sogar ein Foto von ihnen liegt mir vor. Sie sind ein Mitglied der sogenannten Westbalkan-Mafia, vor der sie uns gestern noch gewarnt haben. Angeblich sollen ja demnächst drei Männer von dieser Mafia hier erscheinen. Nur, die kommen nicht demnächst, die sind schon da. Sie sind einer von den Dreien. Und ihre zwei Komplizen sind in diesem Moment im Hotel hier auf Juist vom LKA verhaftet worden.«

Janković fügte sich in sein Schicksal und grinste.

»Spätestens morgen früh müssen sie mich wieder laufen lassen. Mein Anwalt macht das schon, sie werden sehen.«

Markus lächelte zurück: »Warten wir doch erst einmal ab. Wir nehmen sie fest wegen des Waffenbesitzes, dann wollten sie im großen Stil Drogen erwerben und außerdem gibt es da noch die Amtsanmaßung, da sie sich als BKA-Mitarbeiter ausgegeben haben. Und wenn wir noch ein wenig suchen und schnüffeln, werden wir ihnen sicher noch mehr nachweisen können. Ein Untersuchungsrichter ist auf dem Weg hier nach Juist, dem werden sie später vorgeführt.«

Sie brachten den Janković in einen speziellen Raum, aus dem er nicht ausbrechen konnte, da es in der Polizeistation nur eine Arrestzelle gab und in der saß bereits der Everts.

»Wie bist du dahintergekommen, dass das ein Fake, ein falscher BKA-Mann war?«

»Das ist eine lange Geschichte, eigentlich eher nicht zu glauben. Kommissar Zufall war wieder einmal ein guter Kollege. Der Kommissar hat sogar einen Namen. Er heißt Josip Novak.«

Markus blickte in ratlose Gesichter, offensichtlich konnte niemand mit diesem Namen etwas anfangen. Nur Eike Haferland legte seine Stirn in Falten und sagte: »Moment, der Name kommt mir bekannt vor. Aber ich kann ihn nicht zuordnen.«

»Josip Novak sagt euch nichts«, Markus grinste über das ganze Gesicht, »aber mit dem Namen Duddkopp, da könnt ihr etwas anfangen. Oder?«

»Natürlich, der Duddkopp. Unter seinem richtigen Namen kennt ihn hier auf Juist kaum einer.« Haferland wusste jetzt wieder Bescheid.

»Was hat der Duddkopp gemacht? Wieso war das ein guter Kollege?«, Helga wollte es genau so wissen, wie alle anderen.

»Also passt auf«, Markus konnte sein spitzbübisches Lächeln nicht unterdrücken. »Der Duddkopp wollte gestern Fisch, für sich und seine Mutter, kaufen. Er marschierte ins Fischkehuus, da im Rosengang, und wartete in einer kleinen Schlange von Kunden. An einem Tisch saßen drei Männer, die sich gut verständlich für Josip auf Serbokroatisch unterhielten. Und aus diesem Gespräch erfuhr er dann, dass einer von denen, mit einem falschen BKA-Ausweis, sich bei uns einschleichen wollte, um mehr über den Finder der Drogen zu erfahren. Er kaufte seinen Fisch und marschierte dann in Richtung Polizeistation. Er erwischte mich, bevor ich mit Helga zum Essen ging und hat mir alles haarklein erzählt. Und dann habe ich meine Kontakte spielen lassen. Über einen alten Kontakt zum BKA habe ich dann mit dem echten Peter van Haag telefoniert. Der fand es nicht so witzig, dass hier ein Verbrecher von der Mafia mit einem gefälschten Ausweis und seinem Namen auftritt. In Wiesbaden rotieren jetzt ein paar Leute, um herauszubekommen, was das für ein Ausweis ist. Wir können denen helfen, weil wir ja den falschen Ausweis haben und denen zusenden werden.«

»Das ist ja wirklich eine irre Story. Zum Glück für uns gibt es immer wieder solche zufälligen Lösungsansätze. Soweit ich weiß, hat bei allen aufgeklärten Kriminalfälle der Kommissar Zufall einen Anteil von 50 Prozent.«, Helga war wieder gut informiert.

»Der Clou ist ja wirklich, dass in diesem Fall drei Gangster in einem Restaurant sitzen und sich ungeniert in ihrer Muttersprache unterhalten, ohne damit zu rechnen, dass jemand sie verstehen könnte. Zum Glück für uns trägt eben auch oft die Dämlichkeit von Kriminellen zum Aufklärungserfolg bei.«

»Und dann kommt noch hinzu, dass ich schon Misstrauen verspürte, denn die Art der Vorgehensweise, die der falsche BKA-Mann vorschlug, hat mich aufmerksam werden lassen. Das ist nicht typisch für das BKA. So gehen die nicht vor. Ich wurde misstrauisch, dann kam der Duddkopp mit seinen Informationen und dann habe ich einfach meine Kontakte genutzt.«

Markus blickte sehr zufrieden in die Runde.

Haferland lachte und sagt: »Es ist doch schön, wenn man jemanden mit runter gelassener Hose erwischt.«

»Take it hard like a big man, woman workin' so hot, givin' it everything you got, just like it's never gonna stop, tonight I'm gonna kick up, out drivin' in a big truck, an' maybe I'll get beat up, caught with your pants down!«

»AC/DC!«, riefen Helga und Haferland, wie aus einem Mund.

»Na klar, Caught with your pants down!«, bestätigte Markus. Er musste halt das letzte Wort haben, wie immer.

Personen im Roman

Markus Niemand, Kriminalhauptkommissar, arbeitet bei Polizeiinspektion Aurich/Wittmund, wohnt in Südbrookmerland
Helga Weilburger, Kriminalkommissarin, Kollegin von Markus Niemand, wohnt in Aurich
Eike Haferland, Polizeihauptkommissar, Leiter der Polizeistation Juist
Hanke Hinrich, Oberkommissar, arbeitet saisonal in der Polizeistation Juist
Heike Wolfram, kommt seit Jahren als Touristin nach Juist, wohnt in Peine
Elke Mormann, Freundin von Heike aus Peine
Lukas Sewing, Lehrer, der seine Schulklasse auf Juist betreut. Die Klasse wohnt im Ferienheim Strandloper
Norbert Krämer, wohnt als Betreuer der Schulklasse ebenfalls im Ferienheim Strandloper
Jan Everts, Wirt der Kneipe, sein Spitzname lautet *Krullerkopp*, genau, wie seine Kneipe
Josip Novak, genannt *Duddkopp*, ist ein Original auf Juist
Rolf Siemann, arbeitet saisonal als Rettungsschwimmer auf Juist
Karin Watzke, Freundin von Rolf
Stefan Kieler, Rettungsschwimmer, Kollege von Rolf
Ole Biermann, Rettungsschwimmer, Kollege von Rolf
Eva Krahlmann, Geliebte von Rolf
Maike Husmann, Pensionsinhaberin
Inge Peters, Leiterin Ferienheim Strandloper
Neele Steinmetz, Freundin von Helga Weilburger
Peter van Haag, Mitarbeiter des BKA
Gerd Rinderhagen, Besitzer der Meyenburg & Gerd's Höft, Appartements am Wattenmeer, ihm gehört auch das Boot 'Blue Devil'

Autor Michael Tosch

Ich bin Michael Tosch, Jahrgang 1944 und lebe in Rüdesheim am Rhein.

Als Coach für Manager habe ich Führungskräfte und solchen, die es werden wollten, beraten, trainiert und zum Erfolg verholfen. Hauptsächlich ging es um die Verbesserung der Kommunikationsfähigkeiten, der Rhetorik, sowie bei Präsentationen und Mitarbeiterführung.

Während meiner mehr als vierzigjährigen Praxis schrieb ich diverse Fach- und Drehbücher, führte Regie bei Lehrfilmen und agierte dabei auch als Schauspieler.

Diese Erfahrungen brachten mich letztlich dazu, Bücher zu schreiben. Meine Erfahrungen als Vater und Großvater zeigten mir den Weg zum Jugendbuch und viel Fantasie und Kreativität zum Autor von Kriminalromanen.

Leseprobe aus dem Kinderbuch

Marvins Abenteuer

Wie Marvin den Krieg der Tiere verhinderte

Von Michael Tosch

Marvin und Sieglinde

Marvin spielte im Garten mit seinem Ball. Er wollte mal ein großer Fußballer werden, darum übte er fleißig, kickte den Ball immer gegen die Mauer und probierte dann, den zurückprallenden Ball sofort wieder zurückzuschießen. Das funktionierte auch meistens ganz gut. Als er versuchte mitzuzählen, kam er auf 12 Versuche, die hintereinander klappten, ohne, dass der Ball ihm wegsprang.

Marvin lebte in Bodenhausen, einem kleinen Ort am Rande des Grünwaldes. Er war neun Jahre alt und ging in die vierte Klasse. Zur Schule zu gehen, war nicht seine Lieblingsbeschäftigung und die Hausaufgaben, die empfand er als ziemlich lästig. Wichtiger war es für ihn, Fußball zu spielen, Fußball, er war ganz sicher, war überhaupt das Wichtigste im ganzen Leben.

Aus dem Wohnzimmer hörte er die Mutter rufen: »Marvin, hör bitte auf damit, den Ball immer vor die Mauer zu schießen.«

Denn erstens nervte es sie ganz schön, wenn dieses ständige Klatschen des Balles zu hören war und außerdem wurde die Wand davon nicht schöner. Überall waren die Abdrücke des Balles zu sehen.

»Wie oft habe ich dir das schon gesagt!«, konnte Marvin noch hören, als er zum letzten Mal vor den Ball trat. Wahrscheinlich durch den Schreck, dass Mutter ihn mal wieder erwischt hatte, traf er den Ball nicht richtig und in hohem Bogen flog der über die Mauer und verschwand.

»So ein Mist«, fluchte Marvin. Er wusste genau, hinter dieser Mauer war eine riesige Fläche voller Unkraut und er ahnte, dass der Ball mit Sicherheit im dicken Gestrüpp verschwunden sein würde.

»Ich höre ja schon auf!«, rief er in Richtung der geöffneten Terrassentür. »Bin gleich wieder da.«

Marvin rannte aus dem Garten. Um hinter die Mauer zu kommen, musste er nur ein kurzes Stück die Straße hinunter. Dort endete die Mauer und er konnte drum herumlaufen.

Als er um die Ecke bog, lag vor ihm eine große Wiese, auf der das Unkraut hoch wucherte. So hoch, dass man Marvin kaum noch erblicken konnte, wenn er darin verschwand. Am Ende dieser Wiese lag der Grünwald. Das war ein wunderschöner, großer Wald, mit alten, hohen Bäumen. Stundenlang konnte man darin umherlaufen, ohne, dass man an das andere Ende gelangte.

Eigentlich hatten ihm die Eltern verboten, allein in den Grünwald zu gehen. Obwohl er sich sonst nicht immer an alle Verbote hielt, dieses aber, das befolgte er. Er hatte nämlich durchaus ein wenig Angst vor dem großen Wald, denn darin sollte es auch ganz viele Tiere geben. So hatten es ihm die Eltern erzählt.

Marvin dachte nur kurz an den Grünwald und wollte sich dann auf die Suche nach seinem Ball begeben, als er ein Geräusch wahrnahm, das sich wie ein Zischen anhörte. Erschrocken blieb er stehen und lauschte. Da, wieder dieses Zischen, das aus der Richtung kam, in der er seinen Ball vermutete.

Vorsichtig bog er ein paar Disteln zur Seite und zwängte sich weiter durchs Gestrüpp. Denn neugierig war er schon.

»Was kann denn da so zischen?«, fragte er sich und schaute sich in alle Richtungen um.

An der Stelle, an der jetzt stand, war das Unkraut viel niedriger als an den anderen Stellen, es reichte gerade bis an seine Knie und er konnte viel weitersehen.

»Da vorn müsste eigentlich der Ball sein«, dachte er und blieb erschrocken stehen.

Das Zischen war jetzt ganz deutlich vor ihm zu hören. Als er ein wenig weiter nach links schaute, glaubte er zu sehen, dass sich die Halme des Grases und des Unkrauts bewegten. Jetzt war es ihm doch etwas mulmig zumute und er rührte sich nicht mehr vom Fleck.

Da, jetzt sah er es ganz deutlich, das Gras bewegte sich, irgendetwas kam langsam direkt auf ihn zu. Er wollte sich gerade herumdrehen und wegrennen, als er wieder das Zischen vernahm und eine Stimme sprach ganz leise.

»Zischsch, hallo, zischsch, du, bleib stehen, zischsch.«

Wie angewurzelt blieb Marvin stehen und er zitterte am ganzen Körper, als er entdeckte, dass da eine Schlange sich langsam durch das Gras wand.

Und wieder sprach die Schlange zu ihm: »Zischsch, du brauchst keine Angst zu haben, zischsch, ich werde dir nichts tun. zischsch, ich brauche deine Hilfe, zischsch.«

Langsam erholte sich Marvin von seinem Schrecken, denn die Schlange lächelte ihn an und sah dabei gar nicht zum Fürchten aus.

Druck:
CPI Druckdienstleistungen GmbH
im Auftrag der
Zeitfracht GmbH
Ein Unternehmen der Zeitfracht - Gruppe
Ferdinand-Jühlke-Str. 7
99095 Erfurt